Satoshi Yagisawa est né en 1977 dans la préfecture de Chiba, dans la partie est du Japon. Il est diplômé de l'université de Nihon. *La Librairie Morisaki* est son premier roman. Il a été récompensé par le prix Chiyoda en 2008 et porté à l'écran. Il est aujourd'hui traduit dans le monde entier. Grand contemplatif, Satoshi Yagisawa a un goût prononcé pour les chats, la guitare et le café.

Ce livre est également disponible
au format numérique

www.editions-hauteville.fr

Satoshi Yagisawa

LA LIBRAIRIE MORISAKI

Traduit du japonais par Déborah Pierret-Watanabe

Hauteville

Hauteville est un label des éditions Bragelonne

Titre original : 森崎書店の日々 (MORISAKI SHOTEN NO HIBI)
by Satoshi YAGISAWA

Publié pour la première fois en japonais par SHOGAKUKAN.
L'édition française est publiée avec l'accord de SHOGAKUKAN, grâce à EMILY BOOKS AGENCY LTD. et CASANOVAS & LYNCH LITERARY AGENCY S.L.

Directeur : Antoine Béon
Directrice de la publication : Claire Renault Deslandes
Directrice éditoriale : Julia Leloup
Directeur artistique : Fabrice Borio

ISBN : 978-2-38122-239-4

Bragelonne – Hauteville
60-62, rue d'Hauteville – 75010 Paris

E-mail : info@editions-hauteville.fr
Site Internet : www.editions-hauteville.fr

J'ai posé mes valises à la librairie Morisaki au début de l'été, et je n'en suis repartie qu'aux premiers jours du printemps de l'année suivante.

Durant ces quelques mois, j'ai habité au premier étage du magasin, dans une pièce envahie par les livres. Un endroit perpétuellement humide, mal ensoleillé et exigu, imprégné par l'odeur de moisi du papier ancien.

Pourtant, les jours passés à la librairie Morisaki resteront à jamais gravés dans ma mémoire.

Puisque c'est là-bas que j'ai commencé à vivre, à vivre réellement. Sans cette parenthèse, ma vie aurait été bien moins colorée, bien plus monotone, bien plus triste.

Un lieu précieux, inoubliable.

Voilà ce qu'est la librairie Morisaki à mes yeux.

Les souvenirs vivaces de ces moments tourbillonnent aujourd'hui encore derrière mes paupières.

Un coup de tonnerre dans un ciel bleu.

Non, en réalité, je n'aurais pas été plus surprise si des grenouilles étaient tombées du ciel.

Car, ce soir-là, Hideaki, l'homme que je fréquentais depuis près d'un an, a tout à coup lancé :

— Je vais me marier.

Aussitôt, ma tête s'est remplie de points d'interrogation. Non pas : « Et si on se mariait ? », cette phrase, je l'aurais comprise sans problème. Ou même : « J'ai envie de me marier », là encore, cela aurait eu du sens. Mais « Je vais me marier » ? C'était bien trop étrange. Le mariage était un serment qui sous-entendait l'accord des deux parties impliquées, sa façon d'en parler m'a donc paru tout sauf sensée. Et le ton qu'il avait employé… il n'aurait pas été plus léger et désinvolte s'il m'avait annoncé qu'il avait trouvé une pièce de 100 yens dans la rue.

C'était un vendredi soir, à la mi-juin. Nous étions en train de dîner dans un restaurant italien de Shinjuku, après notre journée de travail. L'établissement était situé au dernier étage d'un hôtel, un endroit que nous adorions tous les deux, car il offrait une vue imprenable sur les lumières et les néons de la ville.

J'avais craqué pour Hideaki le jour de mon arrivée dans l'entreprise, qu'il avait rejointe trois ans avant moi. Dès que je me retrouvais seule avec lui, mon cœur se mettait à bondir dans ma poitrine, comme sur un trampoline. Ce soir-là, notre premier tête-à-tête depuis longtemps, je sirotais mon verre de vin de belle humeur.

Quand tout à coup…

— Hein ? ai-je spontanément répondu, croyant avoir mal entendu.

— Je vais me marier, a-t-il répété avec toujours la même désinvolture. L'année prochaine.

— Se marier… mais qui va se marier ? Et avec qui ?

— Moi. Avec ma petite amie.

J'ai penché la tête, un peu perdue.

— Ta… petite amie ?

Il a mentionné sans sourciller le nom d'une collègue qui travaillait dans un autre service. Elle avait intégré la boîte la même année que moi, et elle dégageait un je-ne-sais-quoi d'adorable, qui vous donnait envie de la serrer dans vos bras.

À côté d'elle, je n'étais qu'une grande perche, au physique plutôt banal. Je ne parvenais pas à comprendre ce qui avait pu le pousser à me draguer, alors qu'il sortait avec une si jolie fille.

Il m'a raconté qu'ils étaient ensemble depuis deux ans et demi. Elle était donc dans sa vie avant moi. Je ne savais pas qu'il avait déjà quelqu'un bien sûr, je ne l'avais jamais soupçonné, et je n'avais même jamais envisagé cette possibilité. Je croyais que s'il n'avait rien dit à propos de nous à nos collègues, c'était pour ne pas rendre l'atmosphère gênante au bureau. En réalité, je n'avais jamais été la numéro un dans son cœur : je n'étais rien d'autre à ses yeux qu'une fille avec qui passer du bon temps. Était-ce moi qui étais trop naïve ou lui qui était trop sournois ?

Toujours est-il que leurs parents avaient fait connaissance, et qu'ils comptaient échanger un cadeau de fiançailles le mois suivant. J'étais prise de vertige. On aurait dit qu'un moine venait de frapper un gong à l'intérieur de mon crâne.

— Elle veut absolument se marier en juin. Mais c'est trop tard pour cette année, alors on s'y met dès maintenant pour…

J'écoutais distraitement les mots qui se déversaient de sa bouche.

— C'est super, ai-je simplement murmuré, me surprenant moi-même.

— Oh, merci ! Mais tu sais, Takako, on pourra toujours se voir de temps en temps, a-t-il ajouté avec un sourire.

Son habituel sourire insouciant, un sourire que j'associais aux sportifs.

Si l'on avait été dans un mélodrame, je me serais certainement levée pour lui jeter mon verre de vin au visage. Mais je n'ai jamais été douée pour exprimer mes émotions. J'étais du genre à ne pas savoir ce que je pensais vraiment, j'avais besoin de me retrouver seule et d'y réfléchir tranquillement pour ça. Et puis, à ce moment-là, le gong résonnait bien trop fort dans ma tête.

J'étais dans un état second lorsque nous nous sommes quittés, et je suis rentrée chez moi – seule. Un peu plus tard, alors que je commençais doucement à reprendre mes esprits, j'ai été foudroyée par la tristesse, qui a surgi en moi avec une rapidité fulgurante, une tristesse indéniablement plus puissante que la colère. Un sentiment si écrasant, si poignant qu'il me paraissait presque palpable.

Mes larmes semblaient ne jamais pouvoir s'arrêter. J'avais beau pleurer et pleurer encore, elles coulaient en un flot intarissable. Je sanglotais, effondrée sur le sol de ma chambre plongée dans le noir. J'ai bêtement songé que si mes larmes avaient été du pétrole, j'aurais été riche à millions, et mes pleurs ont redoublé face à la stupidité de cette pensée.

Je voudrais que quelqu'un m'aide, ai-je souhaité de tout mon cœur.

Mais je n'arrivais même pas à le dire à voix haute. Pleurer était tout ce dont j'étais capable.

Après quoi, les désastres se sont enchaînés. Un véritable défilé.

Je n'avais absolument aucune envie de voir Hideaki, mais j'étais bien obligée puisque nous travaillions dans la même entreprise. Lui se comportait comme si rien ne s'était jamais passé, ce qui ne faisait qu'amplifier ma souffrance. Et, pour couronner le tout, je tombais souvent sur sa fiancée à la cantine ou en salle de pause. Je ne savais pas si elle était au courant pour Hideaki et moi, en tout cas, elle me lançait chaque fois un bonjour accompagné d'un sourire éblouissant.

Finalement, mon estomac s'est mis à refuser toute nourriture, et mes paupières à se fermer la nuit. Je perdais du poids à vue d'œil, et mon teint, que je cherchais tant bien que mal à dissimuler sous une couche de maquillage, est devenu aussi cireux que celui d'un cadavre.

Au travail, les larmes me montaient aux yeux sans prévenir, et j'ai un bon nombre de fois pleuré, enfermée dans les toilettes, en étouffant mes sanglots.

Il m'a fallu deux semaines entières pour comprendre que j'avais atteint mes limites, à la fois physiques et mentales, et pour me décider à présenter ma démission à mon supérieur.

Lors de mon dernier jour au bureau, Hideaki m'a joyeusement dit que, même si je démissionnais, rien ne nous empêchait d'aller manger un bout ensemble, un de ces quatre.

J'avais l'impression, après avoir perdu coup sur coup mon petit ami et mon travail, d'avoir été balancée dans le vide de l'espace.

J'étais originaire du Kyushu où j'avais aussi fait mes études, et si j'étais venue à Tokyo, c'était pour y trouver un emploi, de sorte que les seules personnes que je connaissais ici étaient celles rencontrées sur mon lieu de travail. J'étais du genre timide, pas de celles douées pour les relations sociales, et je n'avais réussi à me faire aucun ami proche.

Quand j'y repensais, ma vie, durant ces vingt-cinq années que j'avais passées sur terre, avait toujours été « moyenne ». Je suis née dans une famille moyennement aisée, ni riche ni pauvre ; j'étais diplômée d'une université moyennement réputée ; j'ai intégré une entreprise moyenne... je pensais continuer à mener cette existence, disons, « comme ci comme ça », pour le restant de mes jours, et cela me convenait plutôt bien. Je n'avais peut-être jamais atteint des sommets de bonheur, mais je n'avais jamais non plus touché le fond du désespoir. Ainsi était censée être ma vie.

Voilà pourquoi mon histoire avec Hideaki était si spéciale à mes yeux. Pour une fille aussi peu entreprenante que moi, réussir à sortir avec le garçon dont elle était follement amoureuse relevait presque du miracle. D'où le choc immense, et mon incapacité à faire face.

Finalement, la solution que j'ai trouvée a été de dormir, dormir le plus possible. J'étais accablée de fatigue, à un point qui me surprenait moi-même. C'était probablement une façon pour moi d'échapper à la réalité, car dès que je me glissais sous les couvertures, je me retrouvais aussitôt happée par le sommeil. Je passais mes journées à dormir (sans rêves et sans réveil) dans l'espace solitaire de ma petite chambre.

Un soir, après environ un mois de cette routine, j'ai découvert en ouvrant les yeux qu'un message vocal m'attendait sur le répondeur de mon portable, que j'avais délaissé.

Le numéro affiché sur l'écran ne me disait rien, mais j'ai tout de même décidé de l'écouter.

« Takako ! a commencé une voix enjouée. Tu vas bien ? C'est moi, Satoru. Je t'appelle de la librairie. Tu pourras me rappeler quand tu auras le temps ? Ah, tiens, un client. Je te laisse, à plus ! »

« Satoru » ? me suis-je demandé, intriguée. C'est qui, celui-là ? Je n'en avais aucune idée. Mais puisqu'il m'avait appelée par mon prénom, cela signifiait que ce n'était pas un faux numéro... Et c'était quoi, cette histoire de librairie ?

Librairie. Librairie. Alors que je ruminais ce mot, j'ai tout à coup eu une illumination.

Satoru ! Mon oncle Satoru ! Cela me revenait à présent : il avait hérité de la librairie fondée par mon arrière-grand-père à Jinbôchô, ma mère me l'avait dit, mais c'était il y a bien longtemps maintenant... Je n'avais pas vu mon oncle depuis une bonne dizaine d'années, la dernière fois, je venais tout juste d'entrer au lycée, mais effectivement, la voix sur le répondeur était la même que dans mes souvenirs.

J'ai immédiatement été prise d'un mauvais pressentiment. Une manigance de ma mère, sans aucun doute. Inquiète pour moi – après tout, je lui avais annoncé que j'avais quitté mon travail et que j'avais rompu avec mon petit ami –, elle avait dû demander à mon oncle d'intervenir. Ça sentait mauvais, cette histoire.

Pour être franche, je n'étais pas très à l'aise avec mon oncle Satoru. C'était un type insouciant, insaisissable, qui faisait ce qui lui chantait sans se préoccuper des autres. Et puis, son rire exubérant et son comportement excentrique me dérangeaient.

Lorsque j'étais enfant, j'adorais sa personnalité, et dès que ma mère allait rendre visite à ses parents à Tokyo, je ne ratais pas une occasion de l'accompagner pour aller jouer avec lui dans sa chambre. À l'adolescence pourtant, j'ai commencé à ressentir un certain malaise face à cet étrange énergumène, et je me suis mise à l'éviter autant que possible. À l'époque, il avait causé pas mal de remous dans la famille, en décidant tout à coup de se marier alors même qu'il n'avait pas d'emploi fixe.

Voilà pourquoi, depuis mon arrivée à Tokyo, je m'étais tenue à distance, et l'idée d'aller le saluer ne m'avait pas une seule fois effleuré l'esprit.

Je l'ai rappelé le lendemain midi, à contrecœur. Car je savais que si je ne le faisais pas, j'allais essuyer les foudres démoniaques de ma mère. Il avait la vingtaine quand j'étais en primaire, et devait donc avoir plus de quarante ans à ce jour.

Il a décroché à la première sonnerie.

— Librairie Morisaki, j'écoute.

— C'est moi, Takako.

— Oh ? Oh ! a-t-il soudain crié, avec la même énergie qu'autrefois.

J'ai éloigné le téléphone de mon oreille.

— Ça faisait longtemps ! Comment vas-tu ?

— Bah, ça va.

— Je savais que tu étais à Tokyo, mais tu n'es jamais venue me voir.

— Je suis désolée. J'étais occupée, le travail, ai-je prétexté.

— Ça n'est plus un problème maintenant, d'après ce que j'ai compris ?

Il allait droit au but, sans prendre de gants. J'ai marmonné une réponse inintelligible. De toute manière, cela ne servait à rien d'attendre un minimum de délicatesse de la part d'un type dans son genre. Il a continué son bavardage, s'extasiant sur le bon vieux temps, avant de soudain lâcher :

— Écoute, c'est une idée comme ça, mais je me suis dit que si tu ne comptais pas chercher un nouveau travail tout de suite, tu pourrais venir habiter un peu ici ?

— Quoi ?! me suis-je exclamée, déconcertée par cette proposition aussi subite qu'inattendue.

— Le loyer, les charges et tout le reste, a-t-il aussitôt enchaîné, ça pèse lourd, non ? Ici, tout est gratuit. Ça me rendrait service, si tu pouvais me donner un petit coup de main à la librairie.

Il m'a expliqué qu'il s'était blessé au dos et qu'il avait pas mal de rendez-vous à l'hôpital, et que puisqu'il gérait seul la boutique, il aurait bien besoin que quelqu'un le remplace, le matin. Il a précisé qu'il habitait une maison à Kunitachi, et que je me retrouverais seule une fois la librairie fermée, ce qui me garantissait une certaine tranquillité. La pièce à l'étage était équipée d'une salle de bains et de toilettes, lui-même y avait vécu quelques années plus tôt.

J'ai pris une minute pour réfléchir. Je ne pouvais certes pas vivre de cette manière indéfiniment. Car l'argent n'allait pas tarder à manquer. Mais je n'avais aucune envie que quelqu'un s'immisce dans mes affaires.

— Je risque de te déranger, non ? ai-je protesté, cherchant à décliner son offre, mais il n'avait pas l'air de vouloir en démordre.

— Pas du tout, voyons ! Tu sais que tu es toujours la bienvenue, Takako.

J'ai failli lui demander si tante Momoko était d'accord, mais j'ai bien vite ravalé ma question.

C'est vrai. Sa femme, Momoko, l'avait quitté quelques années auparavant. Là encore, cela avait fait l'effet d'une bombe dans la famille. Mon oncle avait sombré dans la dépression, ce qui avait causé pas mal de cheveux blancs à ma mère, inquiète à l'idée que son chagrin puisse lui provoquer d'autres problèmes de santé plus graves.

J'avais eu de la peine pour lui en apprenant la nouvelle, une nouvelle qui m'avait d'ailleurs fait tiquer. Ils avaient l'air de si bien s'entendre tous les deux, et puis Momoko était une femme gentille, d'un naturel bon, que l'on imaginait incapable de fuir sans un mot.

Tandis que je ressassais ce souvenir, mon oncle a poursuivi la discussion de son côté, déclarant tout à coup que c'était décidé.

— Mais j'ai beaucoup d'affaires…, ai-je à nouveau tenté.

Il a rétorqué qu'il y avait de la place chez lui, à Kunitachi, que je n'avais qu'à tout envoyer là-bas, et ne prendre qu'une valise avec moi. Comme si tout avait déjà été prévu.

— C'est la meilleure solution pour nous deux. Fais-moi confiance.

« Lui faire confiance » ? Mais comment faire confiance à quelqu'un que l'on n'avait pas vu depuis dix ans ?

— Bien, je vais commencer à tout préparer pour ton arrivée.

Puis, sans prendre la peine d'attendre ma réponse, il a raccroché en disant qu'un client venait d'entrer, et qu'on se verrait bientôt.

Tut, tut, tut, tut... J'ai écouté s'égrener la tonalité du téléphone, bouche bée.

Deux semaines plus tard, je me tenais devant la gare de Jinbôchô.

Comment diable en étais-je arrivée là? Ma vie changeait à une telle vitesse que j'étais bien incapable d'en suivre le cours.

Après le coup de fil de mon oncle, j'avais appelé ma mère, qui m'avait mise au pied du mur: soit je rentrais à la maison, soit j'allais chez Satoru, et c'est à regret que j'avais choisi la seconde option. Si je rentrais dans le Kyushu, il était évident que j'allais avoir droit à des rendez-vous arrangés en vue d'un mariage, ce qui anéantirait tout espoir d'un jour revenir à Tokyo. Je m'étais donné tant de mal pour fuir mon île natale, si cela devait se produire, ce serait comme admettre ma propre défaite. Et cette idée me répugnait.

Cela faisait longtemps que je n'avais pas mis le nez dehors, et j'avais la sensation que mon corps flottait. J'avais réussi à prendre le train jusqu'à la gare, et, une fois à l'air libre, j'ai été écrasée par les rayons brûlants du soleil. L'été s'était installé pendant que je dormais. Le soleil au-dessus de ma tête était aussi éblouissant qu'un jeune homme. Les beaux jours me semblaient si loin lorsque j'avais donné ma démission. C'était comme si même les saisons avaient décidé de me trahir, ce qui m'a rendue un peu triste.

C'était la première fois que je posais le pied à Jinbôchô. La maison de mon grand-père se trouvant à Kunitachi, je n'avais jamais eu l'occasion de venir ici.

Je me suis arrêtée au carrefour, et j'en ai profité pour regarder autour de moi.

Quel étrange quartier !

Les deux côtés de l'artère principale (qui portait le nom de Yasukuni-dôri, selon les dires de mon oncle) étaient bordés de librairies. À droite, à gauche, partout où mon regard se posait, il rencontrait une librairie.

D'ordinaire, une seule et même rue ne possédait pas plus d'une librairie. Or, la grande majorité des boutiques qui peuplait celle-ci proposait des livres à la vente. Quelques-unes plus vastes attiraient l'attention, des chaînes comme Sanseido ou Shosen, mais c'était à peine si elles faisaient de l'ombre aux petits bouquinistes, qui sortaient véritablement du lot. La vue de toutes ces librairies alignées avait de quoi donner le vertige. Le caractère farfelu du lieu était renforcé par la présence des buildings de l'autre côté de l'avenue, en direction de Suidôbashi.

Intriguée, j'ai traversé le carrefour bondé d'employés en costume-cravate qui s'en allaient déjeuner, et je me suis engagée dans la rue bordée de librairies, que j'ai quittée après un petit moment pour pénétrer dans une allée du nom de Sakura-dôri, comme mon oncle me l'avait indiqué. Là encore, une profusion de bouquinistes, comme s'il n'y avait rien de plus naturel au monde. *Le pays des merveilles des vieux livres*, ai-je songé.

Alors que je réfléchissais sous le cuisant soleil, me demandant comment j'allais bien pouvoir trouver la librairie de mon oncle, j'ai remarqué un homme au loin, qui agitait la main. Cheveux en bataille, lunettes à épaisse monture noire, petit et maigrichon tel un jeune garçon. Chemisette à carreaux, pantalon de coton informe, sandales aux pieds. Une silhouette qui ne m'était effectivement pas inconnue. C'était mon oncle Satoru.

— Hé là, mais ça ne serait pas notre petite Takako par hasard ? a-t-il lancé avec un large sourire.

En me rapprochant, j'ai pu constater les effets que l'âge avait eus sur lui. Des rides profondes, impossibles à dissimuler, couraient autour de ses yeux, et sa peau, autrefois translucide, était constellée de taches. Pourtant, les yeux derrière ses lunettes pétillaient d'une malice tout enfantine.

— Tu es vraiment resté devant le magasin à m'attendre ?

— Je me doutais que tu n'allais pas tarder à arriver. Et puis, des bouquinistes, il n'y a que ça par ici, non ? Je n'avais pas envie que tu te perdes, alors… je m'attendais à voir une jeune fille en uniforme apparaître, mais c'est une femme que j'ai devant moi !

Évidemment. Puisque notre précédente rencontre remontait à dix ans. La dernière fois que je l'avais vu, je venais d'entrer au lycée et j'étais venue à Tokyo pour le premier anniversaire de la mort de mon grand-père. Mais ce truc, qu'il dégageait… Lui était toujours le même que dans mes souvenirs. Toujours un original, à quarante ans passés. Il incarnait l'exact contraire du mot « solennité ». Quand j'étais adolescente, une période où l'on est particulièrement sensible aux distances et à l'autre, son aura insondable me mettait mal à l'aise.

J'ai détourné les yeux de mon oncle, qui me dévisageait, pour les lever vers la boutique.

— Alors c'est à ça qu'elle ressemble, la librairie fondée par mon arrière-grand-père.

J'ai contemplé l'enseigne non sans une certaine émotion.

« Librairie Morisaki
Spécialisée en littérature moderne »

Je n'avais jamais connu mon arrière-grand-père, mais la pensée que cette librairie existait depuis trois générations m'inspirait le respect.

La structure du bâtiment était en bois, et la petite boutique à deux étages, qui devait avoir une trentaine d'années, voire plus, était remplie de livres derrière sa porte vitrée.

— La première librairie Morisaki est apparue durant l'ère Taisho[1] et se trouvait avenue Suzuran-dôri, mais elle n'existe plus aujourd'hui. Ce que tu vois là, c'est la librairie Morisaki deuxième du nom, en quelque sorte.

— Oh.

— Allez, viens, entre.

Mon oncle m'a presque arraché ma valise des mains et m'a invitée à le suivre à l'intérieur. Une odeur de moisi m'a aussitôt prise à la gorge.

— Ça pue la moisissure ! ai-je laissé échapper.

— Je préférerais que tu dises que l'air est aussi humide qu'un matin après la pluie, a-t-il répliqué en riant.

Des livres, des livres partout. La pièce n'était pas très grande, environ huit tatamis, mal ensoleillée, et tout ce qui s'y trouvait semblait imprégné par l'odeur du siècle dernier. Sur les étagères se serraient, alignés, des livres au format poche, tandis que des ouvrages plus volumineux, tels que des œuvres complètes, étaient empilés contre le mur. Même le petit comptoir au fond qui servait de caisse croulait sous les livres. Il était clair qu'en cas de tremblement de terre ces livres allaient rouler comme une avalanche qui nous ensevelirait tous.

— Il y a combien de livres, ici ? ai-je demandé, à moitié dépitée.

— Eh bien… je dirais environ six mille.

— « Six mille » ?! ai-je répété d'une voix étranglée.

1. 1912-1926. (*NdT*)

— C'est une petite librairie, on ne peut pas en faire rentrer plus.

— Une petite librairie, spécialisée en littérature moderne donc ?

— Oui, nous ne vendons que des auteurs japonais, de la période moderne. Tiens, vois par toi-même.

J'ai laissé mon regard courir sur le dos des livres. Il y avait bien quelques noms familiers comme Akutagawa Ryuosuke, Natsume Soseki ou Mori Ogai, mais pour le reste, je n'en avais jamais entendu parler. Et si je connaissais certains d'entre eux, c'était parce que je les avais étudiés au lycée.

— Tu as réussi à réunir pas mal de monde, ai-je remarqué, ce qui a fait rire mon oncle.

— La plupart des librairies du coin ont chacune un domaine de spécialisation. Il y en a une qui se charge des écrits universitaires, une autre qui ne vend que des scénarios de pièces de théâtre. Tu en as même des un peu plus originales, qui ne font que dans la carte postale ancienne ou dans la photo. Ici, c'est le plus grand quartier des bouquinistes au monde.

— « Au monde » ?

— Eh oui. On pourrait dire que c'est un haut lieu de la culture, apprécié des écrivains et des intellectuels depuis l'ère Meiji[1]. S'il y a autant de librairies, c'est parce qu'à l'époque les écoles ont commencé à fleurir un peu

1. 1868-1912. (*NdT*)

partout dans le quartier, et, avec elles, des boutiques spécialisées en littérature académique.

— Depuis si longtemps ?

— C'est un endroit chargé d'histoire, une histoire qui est encore en marche aujourd'hui. Mori Ogai ou Tanizaki Junichiro ont écrit des romans qui se déroulent ici même. Le quartier continue d'attirer les touristes étrangers, tu sais.

Il n'aurait pas eu l'air plus fier si tout cela avait été grâce à lui.

— J'ai beau vivre à Tokyo, je n'en savais rien du tout, ai-je dit, avec une admiration qui n'était pas feinte.

J'étais tout aussi impressionnée par mon oncle, qui avait fourni une réponse riche en détails à une question des plus anodines. Il en connaissait des choses, pour quelqu'un qui avait passé son temps à vagabonder sans chercher à se trouver un vrai travail... Mais, maintenant que j'y pensais, je me souvenais que sa chambre était autrefois envahie par des livres d'histoire ou de philosophie qui paraissaient bien obscurs à mes yeux de petite fille.

— Tu n'auras qu'à aller te promener. Il y a beaucoup de coins intéressants, tu verras. Mais tu peux laisser ça de côté pour aujourd'hui. Allez, viens, je vais te montrer ta chambre. Bon, il y a pas mal de livres, mais c'est plutôt grand.

J'ai bien cru m'évanouir, en arrivant à l'étage. On pouvait difficilement faire un pas dans la pièce, car tous les ouvrages qui ne rentraient pas dans les rayons, et qui constituaient le stock de la librairie, avaient été empilés là, formant des tours de papier. On aurait dit une de ces villes d'un futur proche, comme on en voit dans les films de science-fiction. L'antique climatiseur tournait à plein régime, et pourtant, je sentais les gouttes de transpiration suinter l'une après l'autre de ma peau. J'entendais les stridulations des cigales quelque part au loin.

J'ai lancé une œillade assassine à mon oncle, qui se tenait à côté de moi. *« Je vais commencer à tout préparer pour ton arrivée »*, m'avait-il dit, mais on était en droit de se demander ce qu'il entendait exactement par là. Car même une souris n'aurait pu trouver suffisamment d'espace pour s'allonger tranquillement ici.

—J'ai bien pensé à mettre un peu d'ordre avant ton arrivée, a-t-il tenté de se justifier en ébouriffant ses cheveux déjà en bataille. Mais je me suis encore fait mal au dos il y a trois jours. C'est le métier de bouquiniste qui veut ça. J'ai quand même réussi à en déplacer la moitié dans la pièce d'à côté. Il ne te reste plus qu'à déménager vite fait ce que tu vois là, et tu pourras t'installer à ton aise.

En entendant la porte s'ouvrir en bas, mon oncle s'est excusé et a dévalé l'escalier, comme s'il cherchait à s'enfuir.

J'ai poussé un profond soupir en regardant autour de moi.

« Vite fait », avait-il osé dire. Je m'étais fait avoir en beauté. Mais j'avais déjà rendu les clés de mon studio,

je n'avais donc plus nulle part où dormir. Je suis passée à l'action, déterminée à en finir.

J'ai passé cette première journée à me battre contre les livres. Je les ai jetés sans ménagement dans la pièce adjacente, le corps trempé de sueur. Un geste imprudent, et les tours de livres s'effondraient telle la tour de Babel face à la colère de Dieu, ces objets de papier m'inspirant chaque minute un peu plus de haine. Néanmoins, à la nuit tombée, j'étais parvenue à éliminer la grande majorité du stock. J'avais même porté secours à une table basse engloutie. Les livres atteignaient presque le plafond dans la pièce d'à côté, et je m'inquiétais de savoir si le sol allait pouvoir supporter leur poids. Mais je me suis rassurée en me disant que le bâtiment avait l'air solide. Après avoir passé l'aspirateur, fait les poussières et ramassé les autres petits débris qui voltigeaient tels des esprits maléfiques, j'ai essuyé les murs et les tatamis avec une serpillière, et, enfin, l'endroit a donné l'impression d'être habitable.

Satisfaite de mon œuvre, je me tenais dressée de toute ma hauteur devant la porte de la chambre, quand mon oncle, qui venait de fermer la boutique, est monté me voir.

— Oh, c'est parfait ! Incroyable. Si tu avais été une Anglaise du XIXe siècle, tu aurais pu devenir une de ces femmes de chambre extrêmement compétentes, a-t-il commenté, et je n'ai pas cherché à déchiffrer cette étrange comparaison.

Pourtant, il allait bien falloir, d'une manière ou d'une autre, que nous trouvions un terrain d'entente tous les deux.

— Je suis fatiguée, je vais me coucher.

— Oui, repose-toi, tu en as assez fait pour aujourd'hui. Mais je compte sur toi demain matin.

Une fois mon oncle parti, j'ai pris un bain rapide, et je me suis glissée dans le futon, qui empestait lui aussi le moisi, sans prendre la peine de me sécher les cheveux.

La lumière éteinte, j'ai senti ma poitrine se comprimer sous le silence de plomb qui régnait dans le bâtiment. On aurait dit que les livres qui emplissaient l'espace absorbaient tous les sons.

J'allais devoir vivre ici pendant un petit moment. Alors que je contemplais distraitement le plafond sombre, j'ai songé, inquiète, que je n'allais jamais pouvoir m'y habituer. Mais cela n'a duré qu'un instant. Une minute plus tard, je dormais déjà profondément.

Dans mon rêve, j'étais une femme de chambre androïde qui vivait dans une ville d'un futur proche. Où tous les bâtiments étaient faits de livres d'occasion.

Lorsque j'ai ouvert les yeux le lendemain matin, je n'arrivais pas à savoir où j'étais. J'ai tourné la tête et remarqué que les aiguilles du réveil indiquaient 10 h 22.

La réalité m'a alors aussitôt rattrapée, et je me suis levée d'un bond en poussant un petit cri. La boutique ouvrait à 10 heures. J'avais pourtant réglé l'alarme du réveil sur 8 heures avant d'aller me coucher, mais quelqu'un avait dû l'arrêter. Qui avait bien pu me jouer ce sale tour ? Moi, bien sûr.

Comment avais-je pu commettre une bourde pareille ? Je n'ai jamais eu aucun mal à me réveiller, et j'étais plutôt fière de n'être jamais arrivée en retard au travail, pas une seule fois en trois ans. En pyjama et les cheveux en bataille, j'ai descendu l'escalier quatre à quatre et je me suis dépêchée d'aller remonter le lourd rideau de fer. Le soleil s'est aussitôt engouffré dans la pièce. Toutes les boutiques de la rue avaient déjà ouvert leurs portes. J'étais vraiment très en retard.

Je ne savais pas quoi faire. Quelle excuse allais-je bien pouvoir sortir à mon oncle pour justifier le fait que je n'avais pas gagné d'argent ? Je suis restée prostrée trente bonnes minutes derrière le comptoir, toujours en pyjama, en proie à une demi-panique. Mais, à ma grande surprise, aucun client ne s'est présenté.

Personne, d'ailleurs, n'a fait mine de pousser la porte. Il y avait bien quelques passants dans la rue, mais tous se contentaient de dépasser la librairie sans ralentir. Me sentant un peu idiote, je suis remontée tranquillement dans ma chambre pour me changer, rectifier ma coiffure, et j'ai même pris quelques minutes pour me faire un maquillage léger avant de redescendre.

Vers midi, enfin, quelques personnes sont entrées. Mais la plupart d'entre elles n'ont acheté que des livres de poche à 50 ou 100 yens pièce. Je me suis demandé, troublée, comment ce commerce pouvait survivre. J'ai étouffé une trentaine de bâillements, et j'ai piqué deux fois du nez.

Vers 13 heures, un homme trapu, au sommet du crâne magnifiquement chauve, est entré.

— Tiens ? a-t-il dit à la seconde où il m'a aperçue derrière le comptoir. Il est où Satoru ? Et tu es qui, toi ? Une employée ? Les affaires ne marchent pas si bien pourtant, pas au point d'embaucher quelqu'un.

L'homme, qui se montrait particulièrement familier, m'a assommée de questions.

— Mon oncle devrait arriver vers 14 heures. Je suis Takako, la nièce de Satoru. Je ne suis pas une employée, je vais rester ici quelque temps. Et je n'ai aucune idée de la situation économique de cette boutique, ai-je répliqué sans hésiter.

Il m'a observée avec intérêt.

— Satoru ? Une nièce aussi jeune et aussi charmante ? Qui l'aurait cru, hein !

Je lui ai souri. Heureusement qu'il n'avait pas assisté à ma déchéance du matin même. L'homme, d'un certain âge, éveillait la sympathie. Et il avait l'œil.

— Et donc, j'ai eu envie de relire Shiga Naoya. Parce que, tu sais bien, ma femme, l'autre jour, elle a fait le tri dans mes livres, a-t-il dit en déambulant entre les étagères.

Je n'avais aucun moyen de le savoir, puisqu'on venait à peine de se rencontrer.

— C'est où, déjà ?

— De quoi ?

— Shiga Naoya, qui d'autre ?

— Ah, euh… oui, bien sûr. Quelque part par là, peut-être ?

Il m'a lancé un regard dur, comme s'il me jaugeait.

— Tu lis ?

— Non, pas du tout, ai-je répondu avec un grand sourire.

L'expression de son visage s'est soudain métamorphosée, devenant presque démoniaque, et une lueur farouche a traversé ses yeux.

C'est alors qu'a commencé sa tirade, longue, interminable. « Non, mais vraiment, les jeunes, de nos jours. Ils ne lisent plus de livres, ils préfèrent perdre leur temps sur leur ordinateur ou à jouer aux jeux vidéo. Sont irrécupérables, moi je vous le dis. Et quand ils lisent, ce sont des mangas ou ces nouvelles écrites sur téléphone, que des trucs plats, insipides. Mon fils, c'est pareil, à presque trente ans, il passe sa vie sur sa console. Écoute-moi bien. Si tu ne fais rien, tu ne verras jamais que le superficiel de ce monde. Si tu ne veux pas être quelqu'un d'aussi rudimentaire, je te conseille de lire quelques-uns des merveilleux livres qu'il y a ici. »

Après avoir passé près d'une heure à radoter sur le même sujet, il est enfin parti. Et s'il avait dépensé sa salive, il n'avait pas dépensé son argent. Je me suis sentie brusquement très fatiguée, et lorsque j'ai vu mon oncle franchir la porte trente minutes plus tard, c'était comme si je voyais arriver Dieu en personne.

— Ça a été ce matin ? Tu n'as pas eu de problème ? m'a-t-il demandé en regardant le livre de comptes.

— Non, ai-je lâché, vidée de toute énergie. Il y a bien eu un monsieur, avec le crâne qui ressemblait à un pissenlit qui aurait perdu tout son duvet sauf sur les côtés... Il a beaucoup parlé.

— Ah, ça, c'est Sabu. Un habitué de la maison depuis plus de vingt ans.

J'ai esquissé un sourire désabusé. Je pensais que son nom lui allait comme un gant, mais j'aurais bien été incapable de dire pourquoi.

— Les grands écrivains japonais, voilà ce qu'il aime par-dessus tout. Mais il parle beaucoup, c'est vrai. Il parle tellement que j'ai moi aussi du mal à m'en dépêtrer, parfois. Mais il suffit de lui servir un thé, de hocher la tête, et il finit toujours par s'en aller, à un moment donné.

J'ai gémi en songeant à tout ce qu'impliquait un métier en lien avec le public. Pourtant, le terme même d'« habitué » me semblait s'être fait rare de nos jours.

— Au fait, tonton..., ai-je dit, alors que la question qui m'avait intriguée toute la matinée me revenait en tête.

— Oui ?

— Est-ce que ça va, les affaires ? Je veux dire, il n'y a pas beaucoup de clients, et, quand il y en a, ils n'achètent que des trucs pas chers...

Mon oncle s'est mis à rire à gorge déployée, visiblement amusé.

— Disons que nous vivons une époque où les livres d'occasion n'ont plus vraiment la cote. Quand mon père était jeune, les bouquineries étaient des commerces rentables. L'édition n'était pas un secteur aussi actif qu'il ne l'est aujourd'hui, et la télévision n'existait pas encore. La situation était complètement différente. Mais nous avons commencé la vente en ligne il y a six ans environ, et il nous arrive de vendre des livres rares, qui valent plusieurs dizaines de milliers de yens, ce qui nous permet de nous en sortir, plus ou moins bien. Nous avons également beaucoup de clients fidèles, des habitués comme Sabu qui nous rendent régulièrement visite, et ce, depuis la génération de mon père. Et toi, Takako, tu ne vas jamais faire un tour chez le bouquiniste ?

— Je vais chez *Book-Off* parfois. On peut y feuilleter des mangas.

— Oui, c'est vrai qu'il y a toutes ces grandes chaînes... pourtant, tu ne trouveras jamais là-bas des livres écrits il y a des dizaines et des dizaines d'années, comme nous en avons chez nous, tout simplement parce que ce n'est pas ce que recherche leur clientèle. Mais, crois-moi, les amoureux de livres anciens sont légion. Certains ont ton âge, Takako. Et à leurs yeux, c'est un peu le paradis ici. Je sais de quoi je parle, puisque je fais partie du club, moi aussi.

— C'est vrai que… ton ancienne chambre était remplie de livres. Ça fait combien de temps que tu as pris la relève ?

— Voyons voir, c'était au moment où mon père est tombé malade. Ça fait un peu plus de dix ans, maintenant. Comparé aux autres, je ne suis encore qu'un novice. La plupart d'entre eux sont dans le métier depuis trente ou quarante ans.

— C'est fou ! C'est un monde totalement inconnu pour moi.

— Tu peux lire toi aussi, Takako. Tu peux te servir, des livres, il y en a autant que tu veux ici, a-t-il conclu avec un sourire.

Je me suis contentée de lui répondre par un petit rire, sans rien ajouter.

Les jours suivants, je me suis réveillée à l'heure. Par chance, la librairie restait calme jusqu'à midi la plupart du temps, ce qui me permettait de demeurer assise derrière le comptoir à ne rien faire.

Déménager n'avait pas apporté de changements majeurs à ma vie. J'ouvrais le rideau à 10 heures et je montais la garde jusqu'à l'arrivée de mon oncle, qui me relevait alors de mes fonctions. Puis je montais lentement l'escalier, je m'enroulais dans ma couette et je me rendormais.

Ma chambre, seulement équipée du strict nécessaire, n'était pas ce que l'on pourrait qualifier de lieu de vie, mais cela me convenait parfaitement. Tout ce que je désirais, c'était tenir le reste du monde à distance.

Mon oncle Satoru se présentait en début d'après-midi dans des vêtements négligés, une tenue absolument inacceptable pour n'importe quel employé de bureau. À peine arrivé, il vérifiait le livre de comptes, puis l'état des commandes en ligne, et il parlait boulot avec des gens au téléphone.

Des phrases revenaient souvent dans sa bouche – « J'aurais beau forcer la chose que... », « C'est compliqué... », « Il va bien falloir qu'on s'en sorte... » – comme s'il se lamentait de la situation de l'entreprise, mais le ton de sa voix était plutôt joyeux.

Autre fait surprenant : il existait un réseau immense dans le secteur du livre d'occasion. Selon mon oncle, s'il pouvait commander de grosses quantités de livres et ne jamais manquer de marchandise, c'était en grande partie grâce au soutien de ce réseau et de ses relations personnelles. Il était essentiel de pouvoir acquérir des ouvrages en participant à des ventes aux enchères régulièrement organisées par des associations notamment, en particulier pour les magasins spécialisés comme la librairie Morisaki, pour qui il n'était pas possible de se constituer un stock suffisant en achetant uniquement ce que les clients venaient leur vendre.

« Car, même s'il s'agit d'une entreprise individuelle, les relations sont ce qu'il y a de plus important. Même si, bon, on pourrait dire la même chose pour à peu près tout dans ce monde », m'avait-il confié d'un air entendu.

Pourtant, le décalage entre les propos de mon oncle et l'image que je me faisais de mon grand-père en tant que « propriétaire d'une librairie de livres d'occasion » était considérable.

Mon grand-père était un homme du genre têtu, avare de mots, et qui trônait, tel le cœur de la famille, lors de nos rassemblements. Lorsque je le regardais avec mes yeux d'enfant secrètement terrifiée, ma grand-mère disait en riant qu'on ne pouvait rien y faire, que ce n'était qu'un vieux libraire bougon.

Mon oncle, lui, était plus mou qu'un mollusque. C'était la première fois que je passais autant de temps avec lui, et plus je le côtoyais, plus sa nonchalance me surprenait. J'en étais même venue à me demander si ce n'était pas ce qui avait poussé ma tante Momoko à partir, même si j'avais conscience du caractère injuste de cette supposition. Pourtant, c'était pour le voir que les habitués semblaient venir. Ils avaient même l'air d'apprécier discuter avec lui.

Nous deux, en revanche, ne parlions pas beaucoup, sauf du travail et, une semaine après mon arrivée, mon oncle a remarqué, la mine dépitée, visiblement à bout de patience :

— Takako, tu passes ton temps à dormir, tu es habitée par le démon du sommeil ou quoi ?

— J'ai l'âge auquel on a sommeil, ai-je froidement répondu.

Je n'avais pas envie d'entrer dans ce petit jeu, et de le laisser se mêler de mes affaires.

— On est fatigué à vingt-cinq ans ? a-t-il répliqué.

— Oui. Les enfants qui dorment grandissent.

— Mais, puisque tu as le temps, pourquoi tu n'en profiterais pas pour aller te promener ? Il y a plein d'endroits intéressants. Je connais le quartier depuis que je suis tout petit, et je ne m'en lasse pas.

— Non merci, je préfère dormir.

Mon oncle avait encore des choses à dire, mais j'ai coupé court à la conversation. Je suis tout simplement restée aussi muette qu'une pierre, ne réagissant plus à rien.

Je bouillais intérieurement. Ma mère lui avait très certainement raconté ce qui m'était arrivé, il était donc plus ou moins au courant de ma situation. Pourtant, il n'avait pas l'air de s'en soucier, et je lui en voulais d'avoir osé me traiter ainsi.

Sabu, l'habitué qui, de toute évidence, avait été mis au courant de certains détails de ma vie, m'a un jour lancé :

— Tiens, Takako le démon du sommeil !

— Qui vous a parlé de ça ? ai-je demandé, vexée.

Qui est-ce que ça pouvait être d'autre, à part mon oncle ? Quel type exaspérant !

— Dormir pendant quinze heures... comment tu fais pour ne pas en avoir marre ?

— Ce n'est pas quinze, mais plus ou moins treize heures, ai-je rétorqué par défi, et il a secoué la tête d'un air résigné.

— Quand j'avais ton âge, je préférais lire plutôt que dormir, qui était une perte de temps à mon goût.

— Si j'ai envie de dormir, alors je dors.

— Tu es une vraie tête de mule, tu me rappelles ton oncle.

— Mais je ne suis pas un âne bâté comme lui.

— Et vous avez le même sens de l'humour un peu particulier ! a-t-il remarqué avec un rire.

— Non, je ne lui ressemble en rien. Ne nous mettez pas dans le même panier.

— Tu as tort de le sous-estimer, a-t-il déclaré, soudain sérieux. Cet « âne bâté », comme tu dis, c'est le sauveur de la librairie Morisaki.

— « Le sauveur » ? ai-je répété, les yeux ronds.

— Oui. Tu n'auras qu'à lui poser la question quand tu le verras, a-t-il conclu, énigmatique.

Puis il est sorti du magasin en agitant une fois la main, comme pour dire « ¡adiós ! ».

Je m'en fiche, ai-je songé. Je m'en fichais de savoir si mon oncle était le sauveur de la librairie ou non, ça n'éveillait pas la moindre lueur d'intérêt en moi. Tout ce que je voulais, c'était retourner sous la couette et dormir.

Je devais bien reconnaître que cette envie permanente de dormir me surprenait moi-même. J'avais dit à Sabu que je dormais treize heures par jour, mais les jours de fermeture, c'était la journée entière que je passais au lit. Je voulais dormir, dormir, dormir jusqu'à la fin des temps. Il n'y avait rien de désagréable, au pays des rêves. Les rêves étaient le miel le plus doux. J'étais une abeille qui volait en quête de ce paradis.

À l'inverse, les heures que je passais éveillée ne m'apportaient jamais rien de bon. Hideaki hantait mes pensées bien malgré moi. Son sourire, ses doigts qui se glissaient dans mes cheveux. Son petit côté égoïste, la façon qu'il avait de chanter faux et son complexe à ce sujet et, chose étonnante, les larmes qu'il avait tendance à verser facilement : tout, j'aimais absolument tout chez lui. J'étais ridicule et j'en avais conscience, mais j'étais sans aucun doute heureuse lorsque j'étais avec lui, et ces souvenirs, comme gravés dans chacune de mes cellules, n'allaient pas disparaître aussi facilement.

Il m'arrivait encore d'imaginer que les mots qu'il avait prononcés ce soir-là n'étaient qu'un mensonge. Qu'il avait simplement voulu me taquiner un peu.

— Je rigole ! Tu as eu peur, hein ?

Bien sûr, ce n'était que pure invention de ma part.

Sinon, je n'aurais jamais atterri ici.

Alors pour ne pas penser, pour ne pas me souvenir, je dormais, et j'allais continuer de le faire même si l'on me prenait pour une entêtée.

Ainsi, le temps fuyait à toute vitesse.

—Takako... tu es réveillée? m'a demandé mon oncle un soir, vers la fin de l'été, derrière les portes coulissantes en papier.

J'ai regardé l'heure. Vingt heures, déjà. La librairie venait de baisser le rideau.

—Je dors, ai-je grogné depuis mon futon.

—On ne peut pas répondre quand on dort vraiment.

—Je dors, je t'ai dit. Après tout, je suis le démon du sommeil, non?

Il a éclaté de rire.

—Tu es en colère parce que j'en ai parlé à Sabu?

—Évidemment que je suis en colère. On dirait que je suis un monstre, à t'entendre.

—Allons, allons! Je m'inquiétais pour toi, ma chère nièce, et c'est sorti tout seul. Il me posait tout un tas de questions à ton sujet. Tu l'intrigues. Dis, tu ne voudrais pas venir faire un tour? Il y a un endroit où j'aimerais t'emmener.

—Non merci, ai-je refusé du tac au tac.

Mais mon oncle s'accrochait.

—Tu ne le regretteras pas. Allez, viens! Si tu dis oui, je te promets que je ne te ferai plus jamais aucune réflexion sur le temps que tu passes à dormir.

— Vraiment ? ai-je demandé, sceptique.

— Oui ! Promis !

Je me suis levée pesamment, j'ai plongé les doigts dans mes cheveux pour me recoiffer, puis j'ai entrouvert la porte.

— Promis, juré, craché ? ai-je vérifié en le dévisageant d'un œil noir par l'entrebâillement.

— Promis, juré, craché, a-t-il acquiescé avec un sourire.

L'endroit en question se trouvait dans une ruelle à deux pas de la librairie.

— On y est, a annoncé mon oncle en s'arrêtant devant un vieux café à la structure en bois comme on n'en rencontrait plus beaucoup.

Un de ces établissements tenus par un homme d'âge moyen, plutôt raffiné, adepte de la moustache. Du moins, c'était l'idée que je m'en faisais. L'enseigne, illuminée par l'éclairage de la rue, flottait dans l'obscurité. « Subouru », annonçait-elle.

— Je viens souvent ici.

Lorsqu'il a ouvert la lourde porte, l'air s'est aussitôt chargé d'un parfum grillé de café.

— Tiens, Satoru ! Bonsoir, a dit un homme, occupé à verser de l'eau chaude dans une cafetière à siphon.

— Salut, patron. Je te présente ma nièce, Takako.

— Enchanté.

Je me suis installée à côté de mon oncle au petit comptoir, et je l'ai salué d'un signe de tête. Le patron n'avait pas de moustache, mais il avait des traits fins, au charme discret, et il dégageait une impression de dignité. La quarantaine bien tassée, probablement. J'avais envie de dire à mon oncle, avec ses airs d'éternel adolescent, qu'il ferait mieux d'en prendre de la graine.

— Un blend pour moi. Takako ?

— La même chose.

J'ai laissé mon regard se promener autour de moi. La salle était éclairée à la lumière tamisée des lanternes, avec du piano en fond sonore. Une ambiance apaisante. Les murs de briques noircies étaient recouverts de mots écrits par les clients, un décor en parfaite harmonie avec l'atmosphère feutrée du lieu. On se sentait bien, ici, et mon cœur a frémi à cette pensée. J'ai commencé à me sentir un peu mieux.

— Ce café existe depuis une cinquantaine d'années. Il a vu défiler un grand nombre de célébrités, à l'époque, m'a expliqué mon oncle.

— J'imagine que ce n'est pas facile, de réussir à créer une ambiance aussi relaxante, ai-je remarqué en hochant la tête.

Cinq minutes plus tard, une serveuse est apparue avec nos commandes.

— Bonsoir, monsieur Morisaki.

— Salut, Tomo ! Voici Takako, ma nièce.

— Ravie de vous rencontrer, ai-je dit en m'inclinant légèrement.

Elle m'a saluée en souriant.

— Tomo est une de nos habitués. C'est une très grande lectrice.

— Pas tant que ça, voyons, a-t-elle minimisé, un sourire timide aux lèvres.

Nous devions avoir le même âge, peut-être même était-elle un peu plus jeune. Elle avait le teint pâle, les pommettes rebondies, et elle s'exprimait avec une certaine douceur. Le tablier noir lui allait à merveille, et ne la rendait que plus mignonne. J'ai eu le pressentiment que nous allions bien nous entendre, toutes les deux, ce qui m'a fait plaisir.

— Qu'est-ce qu'il y a, Takako, tu préfères les filles maintenant ? Ou, si tu veux, il y a un jeune homme à disposition, a ajouté mon oncle.

Il a agité la main vers le fond du comptoir en criant :

— Hé, Takano !

— Bonsoir, monsieur Morisaki.

Un jeune homme élancé a passé la tête par le rideau.

— Tu devrais inviter ma nièce à sortir, un de ces soirs.

— Ça suffit ! ai-je protesté en lui tapant sur la main.

Le dénommé Takano, un grand timide certainement, avait les joues cramoisies.

— Il aimerait ouvrir son propre café un jour, et il travaille ici pour se faire la main. Mais il a le don de collectionner les bourdes et il se fait souvent remonter les bretelles par le patron, a déclaré mon oncle, l'air d'autant plus ravi en prononçant ces derniers mots.

— Ne dis pas de mal des autres, tu veux ? l'a interrompu le patron.

J'étais désolée de faire une telle constatation, mais je comprenais ce que mon oncle voulait dire : Takano avait l'air si frêle qu'un coup de vent aurait pu le faire vaciller.

Après cela, mon oncle n'a rien perdu de sa bonne humeur.

— Madame Shibamoto, quelle agréable surprise ! s'est-il exclamé lorsqu'une femme entre deux âges, installée non loin de nous, l'a hélé.

Il s'est précipité vers elle, avant de s'élancer en direction d'une autre table, d'où on l'avait aussi appelé.

Quand nous étions à la librairie, il arrivait encore à se tenir, mais une fois dehors, il devenait ingérable. J'ai poussé un soupir, me sentant telle la maîtresse d'un chien fou.

— Il faut dire qu'il est connu dans le coin, m'a confié le patron avec un sourire narquois.

Quand il souriait, de petites rides se dessinaient au coin de ses yeux.

— Il est sociable, on ne peut pas lui enlever ça, ai-je répondu d'une voix teintée de sarcasme. Au fait, je n'ai jamais bu un café aussi délicieux. Et on se sent vraiment bien ici.

Il a ri tout bas.

— Merci beaucoup. Ça paraît toujours nouveau, pour les jeunes qui n'ont jamais fréquenté ce genre d'endroit. Tu t'appelles Takako, c'est bien ça ? Tu n'es jamais venue par ici ?

— Non, c'est la première fois. J'ai emménagé dans la librairie de mon oncle, il n'y a pas très longtemps.

— Tu vis à la librairie Morisaki ? Pas mal ça, pas mal du tout. Il faut absolument que tu profites de la vie à Jinbôchô.

— Hum, ai-je marmonné, la mine renfrognée.

— Quoi ?

— Mon oncle me répète la même chose.

— Évidemment. Personne n'aime ce quartier plus que Satoru.

— J'ai du mal à comprendre pourquoi, ai-je à nouveau grogné. Mais je le pensais vraiment, quand j'ai dit que votre café était charmant. Je reviendrai.

— Tu seras toujours la bienvenue, m'a assuré le patron, et ses yeux se sont plissés en un sourire.

La nuit était déjà bien entamée quand nous sommes sortis du café, et, une fois dehors, nous avons commencé à nous promener au hasard des rues. La brise, qui sentait déjà l'automne, nous rafraîchissait les joues.

Mon oncle, grisé par la bouteille de bière qu'il avait vidée un peu plus tôt, marchait devant moi.

— C'est vraiment une belle soirée, murmurait-il en titubant.

Maintenant que j'y pensais, je n'étais encore qu'une enfant la dernière fois que je m'étais promenée avec lui. À l'époque, je glissais ma main dans la sienne, et nous partions « explorer », comme nous aimions le dire, les environs de la maison de grand-père.

Qu'y avait-il de si amusant ? me suis-je demandé en me rappelant mon ravissement. Fille unique, plutôt timide, mon oncle était comme un gentil grand frère à mes yeux, et j'attendais avec impatience notre prochaine rencontre.

Alors que je réfléchissais, des souvenirs très précis de sa minuscule chambre en désordre, de morceaux des Beatles chantés ensemble tandis qu'il gratouillait sa guitare, de moments de lecture passionnée des mangas de Tezuka Osamu et d'Ishinomori Shôtarô me sont tout à coup revenus en mémoire. Et un fragment de l'affection que j'éprouvais pour lui en ce temps-là a jailli en moi.

— Dis, tonton…, ai-je demandé à son dos fluet qui n'inspirait nullement confiance.

— Ouais ?

Il s'est retourné et m'a dévisagée de son regard à la lueur enfantine.

— Tu faisais quoi à mon âge ?

— Hmm… je passais mon temps à lire.

— C'est tout ? me suis-je exclamée, légèrement déçue. Ça ne fait pas une grande différence avec maintenant.

— Et à voyager.

— Tu voyageais ?

— Oui, je faisais des petits boulots à droite et à gauche, et dès que j'avais mis assez d'argent de côté, je m'en allais. J'ai visité pas mal de pays, avec juste un sac sur le dos. Thaïlande, Laos, Viêt Nam, Inde, Népal. L'Europe aussi. Je l'ai traversée une fois.

Je découvrais avec surprise qu'il pouvait se montrer dynamique.

— Pourquoi avoir fait ça ? Tu n'envisageais pas de trouver un vrai travail ?

Mon oncle a croisé les bras.

— Eh bien, a-t-il dit d'une voix traînante, comme s'il revivait sa jeunesse. Pour faire court, je voulais voir le monde et sa diversité de mes propres yeux. Et puis, je voulais voir les diverses possibilités qui s'offraient à moi. J'avais envie de me forger ma propre opinion sur la vie, et non pas en me fiant à celle des autres.

N'était-ce pas légèrement contradictoire d'avoir quitté le Japon dans le but de tester ses possibilités pour finalement devenir le gérant de la librairie familiale ? ai-je songé, quelque peu décontenancée.

L'histoire qu'il venait de me raconter et l'image que j'avais de lui enfant étaient radicalement différentes. À présent que j'étais adulte, je comprenais un peu ce qu'il avait pu ressentir. Lorsque j'étais à la fac, je rêvais de vivre en accord total avec mes valeurs et mes sentiments, sans aucune contrainte. Bien entendu, je n'ai jamais eu le courage de passer à l'acte.

Peut-être était-ce là que résidait le secret de sa capacité à se montrer si désinhibé, à être libre comme l'air. Je me suis soudain surprise à l'envier.

— Et donc, j'ai passé ma vingtaine à traîner ici et là. Mon père se mettait souvent en colère contre moi… et ensuite il est tombé malade, et j'ai repris l'affaire.

— Tu regrettes ?

— Absolument pas, a-t-il répondu en souriant. Ce travail est fait pour moi. Pour les amoureux des livres, il n'y a pas de meilleur endroit au monde que ce quartier. Je suis fier d'être à la tête d'une librairie ici. Je ne remercierai jamais assez mon grand-père et mon père pour ça.

— Tu as eu beaucoup de chance…

— Pourquoi ? m'a-t-il demandé, légèrement perplexe.

— Parce que tu fais exactement ce que tu aimes, et que tu peux même en vivre.

— Ce n'est pas tout à fait le cas. J'étais assez réticent au début, d'une certaine manière. Parce que je n'avais jamais imaginé prendre la relève de mon père. Je me pose encore beaucoup de questions, même aujourd'hui. Mais bon, peut-être qu'on ne comprend pas toujours tout de suite ce qu'on veut vraiment. Peut-être que c'est quelque chose qui nécessite la vie entière pour être découvert.

— Et moi… je passe mes journées à ne rien faire… quel gâchis !

Mon oncle m'a contemplée avec un sourire bienveillant.

— Détrompe-toi. Il est important de s'arrêter de temps en temps. Disons que c'est une pause dans le long voyage qu'est la vie. La librairie est un quai, où tu as jeté l'ancre pour un petit moment. Et, une fois que tu te seras bien reposée, tu pourras reprendre la mer.

— Tu dis ça, mais tu te plains que je passe mon temps à dormir, ai-je rétorqué d'un ton chargé de reproche.

Il a pouffé.

— Les êtres humains sont des créatures pleines de contradictions.

J'ai pouffé à mon tour. Mon oncle, toujours égal à lui-même.

— Tu as beaucoup appris grâce à tes voyages et à tes lectures ?

— Oui. Mais j'avais aussi l'impression que peu importe où j'allais, ou combien de livres j'avais lus, je ne savais toujours rien, je ne voyais toujours rien. C'est ça, la vie. On avance, sans vraiment savoir où on va. Tu connais ce haïku de Santôka ? « Profond / Plus profond encore / Dans les montagnes bleues[1]. » C'est un peu à ça que ça me fait penser.

— Tonton ?

J'ai profité de l'élan de notre conversation pour poser la question qui me brûlait les lèvres depuis longtemps.

— Ouais ?

— Pourquoi est-ce que Momoko est partie ?

— Hum… Elle et moi… on se ressemble beaucoup, dans notre façon de penser. C'est ce qui nous a rapprochés,

1. Dans la traduction de Corinne Atlan et Zéno Bianu, *Haïku : anthologie du poème court japonais*, éd. Gallimard, coll. Poésie, Paris. (*NdT*)

mais c'est aussi ce qui nous a séparés. Disons qu'on s'est rencontrés en cours de route, et on est tombés amoureux. Mais le voyage ne peut pas durer éternellement. Un jour ou l'autre, il faut bien accoster à un port, quelque part. Je croyais qu'on avait la même destination tous les deux, mais ce n'était pas le cas, malheureusement.

— Je vois… Et tu t'es senti comment, à ce moment-là ? Tu étais triste ?

— Eh bien…, a-t-il murmuré en levant les yeux vers le ciel voilé par d'épais nuages. J'étais triste, évidemment, mais…

— Mais ?

— Peu importe où elle est et ce qu'elle fait, tout ce que je souhaite, moi, c'est qu'elle soit heureuse.

— Pourtant…, ai-je protesté, car je n'arrivais pas à comprendre sa réaction. Pourtant, elle t'a abandonné, non ?

— Momoko est la seule femme que j'aie jamais aimée. C'est un fait, et il ne peut pas être balayé. Les souvenirs des années que nous avons passées ensemble resteront à jamais gravés dans mon cœur. En ce sens, on peut dire que j'aime toujours Momoko.

J'avais envie de lui demander comment en arrivait-on à réagir de cette manière, mais sa silhouette frêle éclairée par la lumière des lampadaires dégageait tellement de tristesse que j'ai ravalé mes mots.

Cette nuit-là, pour une raison quelconque, je n'ai pas réussi à m'endormir. Mon esprit était étrangement agité, et je n'avais toujours pas réussi à le calmer à minuit passé.

Je me suis longuement débattue sous la couette. Un tas de pensées me traversaient l'esprit, se bousculant dans ma tête. Des questions à propos de mon avenir, les souvenirs amers du passé tournaient en boucle et monopolisaient mon cerveau.

Il fallait que ça cesse. Je me suis redressée d'un bond. Si je ne réagissais pas, ma souffrance ne ferait que s'amplifier, et j'allais finir par suffoquer. J'ai pensé regarder la télévision, mais il m'aurait fallu pour cela déplacer les livres empilés devant. Et, à 3 heures du matin, je ne risquais pas de tomber sur une émission intéressante.

Si seulement j'avais quelque chose à lire, ai-je songé, les yeux perdus dans l'obscurité. Pour passer le temps.

Un petit cri m'a échappé. J'étais dans une librairie. Des livres, il y en avait à la pelle. Je gardais une telle rancœur à leur égard depuis le jour de mon arrivée que j'en avais oublié leur rôle initial. J'ai allumé la lumière et je me suis mise à fouiller à la recherche d'un livre susceptible de m'intéresser. Mais comment faire le tri ? Ce n'étaient que des vieux bouquins, qui se ressemblaient tous. J'étais certaine que mon oncle, lui, aurait aussitôt réussi à dénicher la perle rare dans cet amas de couvertures abîmées.

En dernier recours, je me suis placée face à la pile de livres, puis j'ai fermé les yeux. J'ai tendu la main et j'ai attrapé le premier que mes doigts ont rencontré. L'ouvrage était intitulé *Jusqu'à la mort d'une certaine fille* de Muro Saisei. Un auteur que je ne connaissais que de nom, pour en avoir entendu parler en cours de japonais au lycée.

Je me suis installée dans le futon, et j'ai commencé à lire à la lueur de la lampe de chevet posée à côté de l'oreiller, sans grand enthousiasme. J'étais sûre de m'ennuyer à mourir et que mes yeux ne tarderaient pas à se fermer d'eux-mêmes.

Une heure plus tard pourtant, j'étais totalement captivée par l'histoire. La langue était difficile, avec des passages plus complexes que d'autres, mais le thème – la psychologie humaine universelle – m'a très vite subjuguée.

L'histoire nous racontait l'enfance du personnage principal à Kanazawa, puis son installation à Tokyo, poussé par son désir de devenir poète, et sa vie dans le quartier de Nezu, entremêlée de son désir pour les femmes, comme sa demi-sœur ou la fiancée d'un ami. La « fille » évoquée dans le titre était une jeune femme rencontrée à Tokyo, juste après son emménagement, alors qu'il n'avait pas de travail et pas un sou en poche. Une femme, qui avait réussi à panser les blessures de son cœur meurtri, même si ce n'était que temporairement.

Ce qui m'a le plus frappée, c'est la douceur tranquille qui se dégageait de l'œuvre dans son ensemble, même si elle décrivait une enfance passée dans un environnement compliqué, et une adolescence plutôt déprimante. Un sentiment de paix, difficilement exprimable par des mots, s'infiltrait délicatement dans votre cœur. C'était dû, si je devais le formuler, à l'amour indéfectible que l'auteur vouait à la vie.

Le jour commençait à se lever.

Mais mes doigts ont continué à tourner les pages.

Le lendemain, lorsque mon oncle est arrivé, mon enthousiasme n'était en rien refroidi. J'ai vu ses yeux s'arrondir de surprise alors que je me précipitais vers lui, moi qui d'ordinaire lui accordais à peine un bonjour.

— Ce livre, il est génial ! ai-je lancé en lui montrant l'exemplaire que je tenais à la main.

Son visage s'est aussitôt illuminé. On aurait dit un enfant qui venait de recevoir le plus beau des cadeaux d'anniversaire.

— Oui ! Tu as vu ça ! s'est-il écrié, comme s'il était de lui.

— J'ai adoré. J'ai été, comment dire… touchée en plein cœur.

Je me sentais frustrée de ne pas réussir à trouver les bons termes, ce « touchée en plein cœur » n'exprimant qu'à peine les mouvements erratiques qui l'avaient agité.

— Ça me fait sacrément plaisir de t'entendre dire ça. Mais Muro Saisei… tu as placé la barre haut pour un début !

Mon oncle avait l'air vraiment heureux, et j'ai laissé sa joie me contaminer.

Nous avons parlé du livre. Le bonheur de vous retrouver soudain proche de quelqu'un avec qui vous pensiez ne partager aucun point commun, grâce à une infime chose. L'expérience était grisante, même si cette personne était quelqu'un comme mon oncle, ou, au contraire, puisque cette personne était quelqu'un comme mon oncle.

Il arrive parfois qu'un événement imprévu ouvre une porte dont on ignorait l'existence. C'est précisément ce que j'ai ressenti, à cette étape de ma vie.

C'est ainsi que j'ai commencé à lire chaque jour un peu plus. Comme si le désir de lecture, qui sommeillait jusqu'alors dans un coin de mon esprit, s'était soudain réveillé et manifesté avec fracas.

Je lisais lentement, pour en savourer chaque page. J'avais plus de temps et de livres qu'il n'en fallait.

Nagai Kafu, Tanizaki Junichiro, Dazai Osamu, Sato Haruo, Akutagawa Ryunosuke, Uno Kôji… je prenais et je lisais avec avidité tout ce qui me semblait intéressant, des œuvres d'auteurs dont je connaissais le nom sans les avoir lus, des œuvres d'auteurs dont le nom m'était inconnu. Je n'avais plus aucun mal à dénicher le livre qui allait atterrir entre mes mains.

Jamais je n'avais soupçonné l'existence d'une expérience si merveilleuse. J'ai même eu la sensation d'être passée à côté de ma vie, jusqu'à ce jour.

J'ai cessé de m'abandonner au sommeil. Je n'en éprouvais plus le besoin. Plutôt que de fuir la réalité en me laissant engourdir par la torpeur, lorsque mon oncle venait me relayer à la librairie, je m'en allais lire un livre dans ma chambre ou au café.

Les vieux livres renfermaient des histoires inattendues. Et je ne parlais pas uniquement de leur contenu. J'y découvrais des traces du temps qui passe. Par exemple, dans un exemplaire d'*Un paysage intérieur* de Kajii Motojiro, je suis tombée sur ces quelques phrases, qui avaient su toucher un lecteur, si bien qu'il les avait soulignées au stylo :

« Regarder, ce n'est pas rien. Regarder, c'est transposer tout ou partie de son âme sur la chose. »

Étant moi-même émue par ce passage, c'était comme si je venais de partager un moment d'émotion avec un parfait inconnu, une sensation particulièrement enivrante.

Il m'est parfois arrivé de trouver un marque-page incrusté de fleurs séchées. Je reniflais alors les fleurs au parfum depuis longtemps fané en me demandant quel genre de personne, à quelle époque, et avec quelles pensées les avait insérées entre ces feuilles.

Ces rencontres à travers le temps ne pouvaient avoir lieu que dans les vieux livres. J'ai peu à peu commencé à éprouver de l'amour pour la librairie Morisaki, chargée de s'en occuper. Je sentais que me trouver là, dans ce minuscule espace où le temps s'écoulait paisiblement, était une chance très précieuse. Je me familiarisais chaque jour un peu plus avec les auteurs présents sur nos rayons, et les habitués qui venaient souvent nous rendre visite. Sabu, qui avait remarqué qu'un changement s'était opéré en moi, m'a dit que je ne m'en sortais pas trop mal, et je savais qu'il me voyait à présent d'un œil différent.

J'avais également pris une autre habitude : me promener faisait désormais partie de mon quotidien.

Le temps s'étant rafraîchi, c'était la saison idéale pour marcher.

De nouvelles touches de jaune apparaissaient sur les feuilles des arbres chaque après-midi, comme en accord avec les lentes transformations de mon esprit.

Je me baladais en contemplant les rues, avec un sentiment radicalement différent de la première fois où j'avais posé les pieds à Jinbôchô. Le quartier entier me semblait propice à l'aventure, et mon cœur s'emballait à cette idée. Dans ce coin plein de charme, on trouvait des bouquinistes, des cafés, des bars à l'ambiance pittoresque, tant de lieux qui donnaient envie de s'y arrêter, sur les artères principales ou dans les ruelles cachées. Ici, nulle sensation de désordre ou de confusion, que je fuyais comme la peste, bien au contraire : une douce quiétude régnait.

Chaque librairie avait sa propre couleur, et je m'en étais enfin rendu compte.

Les œuvres romanesques emplissaient à elles seules plusieurs boutiques, avec chacune sa spécialisation, littérature étrangère ou même romans historiques ; ailleurs, on pouvait se perdre dans des allées remplies de magazines de cinéma ou de littérature jeunesse. Il y avait même un bouquiniste qui ne vendait que des ouvrages de l'époque d'Edo. Si certains patrons étaient des vieillards qui avaient l'air aussi bourrus que mon grand-père, on en rencontrait aussi des plus jeunes, aux manières plus douces. On m'a expliqué, à l'office du tourisme où je me suis arrêtée une fois en passant, que le quartier comptait pas moins de cent soixante-dix librairies. Mon oncle avait raison, quand il affirmait que c'était le plus grand quartier de bouquinistes au monde.

Lorsque j'étais fatiguée de marcher, je faisais une halte dans un café. Un café bien chaud était la boisson parfaite quand il commençait à faire frisquet, et, surtout, il vous procurait un certain apaisement après une longue promenade.

Ainsi ai-je occupé mes journées d'automne.

Cette nouvelle routine a largement contribué à regonfler mon moral. C'était comme si la masse dure qui s'était agrégée dans mon cœur s'effritait au fil des jours.

J'ai fait de plus en plus de rencontres, ce qui allait de conserve avec ma transformation intérieure. J'étais désormais une habituée du café Subouru, et j'ai sympathisé avec le patron et le personnel, en particulier avec Tomo, la jeune serveuse.

Tomo, qui était en première année de master spécialité littérature japonaise, travaillait au café durant son temps libre. Elle passait parfois à la librairie Morisaki. Elle avait deux ans de moins que moi, et sous des dehors calmes et doux se cachait un feu ardent, une passion dévorante pour la littérature. Elle vouait un amour sans bornes aux auteurs. Sa profonde humanité m'a immédiatement plu.

Puis elle a commencé à venir me rendre visite à la librairie après le travail, même si elle n'avait rien à y acheter. Nous buvions le thé ensemble à l'étage, en compagnie des livres qui y restaient.

— Waouh ! Mais c'est le paradis ici ! s'est-elle écriée, radieuse, la première fois qu'elle est entrée dans ma chambre.

— Ah bon ? Mais c'est tout petit, et il n'y a qu'un réchaud à gaz.

Je me montrais honnête en tant qu'habitante des lieux. Il fallait bien reconnaître que ce n'était pas ce que l'on faisait de plus pratique, en matière d'appartement.

— Mais c'est ce qui est bien, justement ! a-t-elle insisté, avec l'air de se demander pourquoi je ne comprenais pas. Il n'y a rien de superflu, et il te suffit de tendre la main pour attraper un livre. C'est absolument parfait.

— Tu trouves ?

— Bien sûr que oui, m'a-t-elle assuré en se rapprochant de moi, les yeux brillants d'excitation.

Contaminée par son enthousiasme, j'ai embrassé la pièce du regard : la chambre qui me paraissait jusqu'alors insipide m'a soudain paru curieusement charmante.

Tomo a suggéré que nous la rendions encore plus agréable, et nous sommes allées acheter un bouquet de cosmos au fleuriste installé près du carrefour. Nous avons disposé les fleurs dans un vase, que nous avons ensuite posé sur la table basse. Elles apportaient à l'atmosphère une touche de chaleur. Dès lors, les fleurs de saison ont commencé à faire partie du décor.

— Pourquoi est-ce que tu aimes tant les livres ? ai-je demandé à Tomo un jour, autour d'une tasse de thé.

Nous étions devenues de bonnes amies. Elle m'a répondu, de sa voix empreinte de douceur :

— Eh bien… quand j'étais au collège, j'étais une enfant particulièrement silencieuse, tout simplement parce que j'étais terrifiée à l'idée de dire ce que je pensais devant les autres. Des sentiments désagréables tournaient en rond dans mon cœur, et je me trouvais vraiment laide à cause de ça… C'est alors que je suis tombée sur *Écolière* de Dazai Osamu, un livre qui appartenait à ma grande sœur… et je suis littéralement devenue accro.

— Oh ! Mais je crois que tous les grands lecteurs ont à un moment ou à un autre de leur vie croisé le chemin d'un livre, qui leur a fait vivre une expérience inoubliable, ai-je dit, impressionnée.

— J'espère qu'on rencontrera beaucoup d'autres livres exceptionnels, toutes les deux, a commenté Tomo avec un sourire.

— Oui, j'espère bien !

À peu près à la même période, Tomo est aussi devenue la victime d'un petit complot.

Alors que j'étais seule à la librairie en ce début d'après-midi, j'ai vu Takano, qui travaillait au café Subouru, en franchir le seuil. Je n'avais jamais vraiment eu l'occasion de discuter avec lui, puisqu'il restait en cuisine la plupart du temps. Sa silhouette allongée détonnait dans la boutique.

— Bonjour, l'ai-je aussitôt salué.

— Ah, bonjour, a-t-il répondu en s'inclinant légèrement.

Il avait l'air mal à l'aise, et passablement agité. En songeant que c'était vraiment un mec bizarre, je lui ai demandé ce qu'il cherchait.

— Ah, non… euh… en fait…, a-t-il bafouillé, confus, le visage rouge comme une tomate.

Qu'est-ce qui lui prenait ? On aurait dit un petit garçon qui se retrouvait face à la fille qui lui plaisait. Soudain, j'ai eu une révélation. Et s'il en pinçait pour moi ? Lorsque mon oncle lui avait suggéré de m'inviter à sortir un soir, il s'était montré extrêmement timide. Ce qui voulait dire… J'ai commencé à me sentir nerveuse, moi aussi.

Un silence gênant s'est installé entre nous. L'air de la librairie semblait plus épais, presque étouffant.

Alors que j'allais ouvrir la bouche, incapable de supporter cette tension plus longtemps, il a lancé d'une voix proche du cri :

— Est-ce que...

Je me tenais sur la défensive, persuadée qu'il allait me faire une déclaration d'amour. J'étais déjà en train de me creuser la tête, pour trouver comment le repousser en douceur. Mais la réplique qui a suivi ne correspondait en rien à celle que je m'attendais à entendre.

— Mademoiselle Aihara... elle vient souvent ici, non ? a-t-il demandé, les joues encore empourprées.

— « Mademoiselle Aihara »... Tomo, tu veux dire ?

— Oui.

— Oui, elle passe souvent me voir pendant sa pause-déjeuner, et ?

— De quoi vous parlez toutes les deux, quand c'est comme ça ?

La douche froide. *Pourrait-on revenir deux minutes en arrière...*, me suis-je murmuré intérieurement.

— Tu es amoureux de Tomo ? ai-je demandé.

Une attaque mesquine, dans le seul but de me venger.

— Non, ce n'est pas ça, mais...

— Ça va, ça va... c'est vrai qu'elle est super mignonne. Mais tu es censé la connaître mieux que moi, puisque vous travaillez ensemble.

— Non, moi je suis en cuisine, et elle, elle est en salle. Et je ne suis pas vraiment doué pour faire la conversation…

— Hum… tu es aussi timide que tu en as l'air alors.

— Est-ce qu'elle a un copain ?

À l'entendre, on aurait dit que c'était la question la plus importante du monde.

— Je ne sais pas. Je ne le lui ai jamais demandé. Mais elle est jolie, et très gentille, ça ne m'étonnerait donc pas qu'elle en ait un.

— Tu pourras lui poser discrètement la question la prochaine fois ?

— Pourquoi moi ? Tu n'as qu'à le lui demander toi-même.

— C'est ton amie, tu peux l'interroger mine de rien. Moi, je n'ai jamais osé aborder une fille…

— C'est ce que tu viens de faire pourtant, ai-je objecté, stupéfaite.

Est-ce qu'il entendait par là qu'il ne me considérait pas comme une fille ? Mais il n'a pas eu l'air de remarquer ma surprise.

— Je ne te demande pas de faire ça pour rien. Si tu acceptes de m'aider, à partir de maintenant, je paierai tous les cafés que tu viendras boire à Subouru.

Tout ce qui venait de se dire s'est instantanément effacé de ma mémoire, et mon visage s'est illuminé.

— Vraiment ? Je vais venir tous les jours, alors.

— Tous les jours, peut-être pas…

— Radin ! Tu crois que tu vas pouvoir conquérir la fille de tes rêves avec une seule tasse de café ?

— Ce n'est pas ça…, a-t-il marmonné en hochant la tête, de mauvaise grâce. Mais promets-moi que tu ne lui diras rien.

— Compte sur moi.

C'est ainsi que Takano et moi nous sommes retrouvés liés par le secret. Cela faisait près de six mois qu'il avait développé des sentiments pour elle. Six mois pendant lesquels il l'avait admirée en se tenant dans l'ombre, sans jamais échanger plus que des salutations avec sa collègue. On pouvait trouver son comportement inquiétant, tout comme on pouvait aussi penser qu'il avait le cœur pur.

Dès l'instant où j'ai accepté cette mission, je voulais faire en sorte que les choses marchent entre eux. Tomo n'avait en rien besoin de mon aide, mais Takano, qui même s'il était un jeune homme sérieux et bien sous tous rapports, était d'une timidité maladive. Il méritait bien une chance.

Je me suis donc investie pour les cafés gratuits, et non pour le bonheur de ces deux jeunes gens. J'ai commencé par récolter des informations auprès de Tomo. Elle n'avait pas de petit copain, et n'avait personne en vue. Couleur préférée : bleu foncé. Animal préféré : muscardin du Japon. Endroit préféré : Jinbôchô, évidemment. Avec le temps, je suis devenue une experte en Tomo, qui, par ailleurs, semblait un peu effrayée par la situation.

Dès que j'avais une nouvelle information en ma possession, je courais à Subouru pour la transmettre à Takano, tout en sirotant un café gratuit.

— Elle aime les muscardins du Japon, chuchotais-je par exemple au-dessus du comptoir.

— Incroyable, murmurait-il en retour.

À cause de ces échanges furtifs, le patron, qui adorait fouiner dans les affaires des autres, a commencé à faire courir une rumeur auprès de ses habitués, selon laquelle Takano et moi avions une « aventure ».

Mais mes efforts restaient vains. Takano, le principal concerné, ne cherchait pas à créer d'occasion pour engager la conversation avec elle. Nous nous trouvions dans une impasse. Il avait poussé un cri de triomphe en apprenant qu'elle n'avait pas de petit ami, mais à ce rythme, il lui faudrait une bonne dizaine d'années pour avoir le courage de lui adresser plus de trois mots. Cela n'avait aucun sens.

Je me montrais de plus en plus impatiente de mon côté.

Je réfléchissais à un plan, pour les pousser à se parler.

Lorsqu'une opportunité en or s'est présentée.

Un après-midi, alors que nous buvions tranquillement une tasse de thé à l'étage, Tomo m'a parlé du festival du livre d'occasion.

— Le festival du livre d'occasion ? C'est quoi ? l'ai-je questionnée, un peu surprise.

— Ah, mais tu ne connais pas ? Chaque automne, tous les bouquinistes du coin participent à une brocante à ciel ouvert. Les rues grouillent de monde, c'est assez impressionnant.

—Je n'étais pas au courant ! Ça a l'air sympa.

—Ta librairie sera de la partie.

—Ah oui ?

—Bien sûr. Comme tout le monde.

Mon oncle n'avait pas daigné me prévenir alors que l'événement était d'importance. Je me suis promis de lui passer un sacré savon plus tard.

—Je compte y faire un tour cette année. On pourra y aller ensemble, si tu veux ?

C'est à cet instant que l'idée a jailli dans mon esprit. *Bingo !* J'allais en toucher un mot à Takano.

—Oui, avec plaisir, me suis-je empressée d'accepter.

Le festival du livre d'occasion de Kanda se déroulait à la fin du mois d'octobre, pour une durée d'une semaine. Pendant quelques jours, des chariots et des étagères chargés de livres faisaient leur apparition dans les rues, à la manière d'un marché aux puces.

Le festival rencontrait un succès fou. Les amoureux des livres, jeunes et vieux, hommes et femmes, envahissaient les rues. Il y avait bien plus de monde que je ne l'avais imaginé, peut-être parce que l'événement n'avait lieu qu'une fois par an. L'avenue Yasukuni-dôri et l'allée Sakura-dôri étaient submergées par la chaleur de la foule, et le quartier des bouquinistes, qui baignait habituellement dans des tons sépia, était animé dès le début de la matinée. C'était un spectacle incroyable.

Bien évidemment, la librairie Morisaki était également de la fête. Mon oncle et moi avions consacré plusieurs jours à remplir des chariots de livres, que nous avons sortis devant le magasin. Pour notre plus grand bonheur, les clients ont été deux fois plus nombreux que d'ordinaire, et certains, par peur de rater une belle affaire, sont repartis avec des cartons entiers de livres remisés.

Mon oncle, qui adorait les ambiances festives, se sentait dans son élément et se montrait survolté. Il participait chaque année au festival du livre d'occasion, et ce, depuis son plus jeune âge. Il m'a expliqué que son corps se mettait à vibrer, comme par réflexe, à cette période de l'année.

— Les clients ont tendance à se faire rares, quand le froid arrive. Il nous faut gagner de l'argent pendant qu'on le peut encore, m'avait-il dit, s'exprimant comme un vrai commerçant, ce qui était peu fréquent chez lui.

Malgré tout, dès que je le quittais des yeux un instant, je le retrouvais à flâner dans les boutiques du voisinage. De toute évidence, mon rôle consistait à le ramener à la librairie à chaque écart.

Le soir du troisième jour, j'ai quitté le travail plus tôt avec la permission de mon oncle et je suis allée faire un tour avec Tomo. Et, par le plus heureux des hasards (comme prévu), Takano s'est soudain matérialisé devant nous.

Takano et moi, tels des acteurs de seconde zone dans un mauvais rôle :

— Oh, tiens ! Takano, quelle coïncidence !

— Oui, dis donc, quelle coïncidence !

L'innocente Tomo n'a pas eu l'air de le remarquer, et nous avons décidé de nous promener tous les trois ensemble.

Au début, Takano était raide comme un piquet. Je lui ai discrètement glissé à l'oreille qu'il ressemblait à Robocop, et lorsqu'il m'a répondu qu'il avait l'impression d'avoir oublié comment marcher, même sa voix était mécanique. Tomo a éclaté de rire en l'entendant.

Pour quelle raison se sent-on si euphorique à déambuler dans des rues en pleine effervescence ? Mes deux compagnons subissaient visiblement le même effet que moi, car ils avançaient avec une expression d'exaltation sur le visage. Même si, pour Takano, il y avait une autre raison qui contribuait grandement à sa joie. Dès que Tomo lui adressait la parole, les lèvres de ce dernier s'étiraient en un sourire enivré, comme s'il humait à plein nez le parfum d'un champ de fleurs. C'était si drôle que je devais lutter contre l'envie d'éclater de rire.

J'ai aperçu Sabu, tandis que j'étais occupée à fouiller dans les livres d'un stand installé près du carrefour. Il était accompagné de sa femme, et avait entre les bras plus de sacs en papier qu'il ne pouvait en porter. Son épouse était une dame élégante, qui portait admirablement le kimono, et j'ai pensé, l'espace d'un instant, qu'elle était peut-être un peu trop bien pour lui. Mais cette aura particulière qui les entourait lorsqu'ils se tenaient côte à côte ne pouvait naître qu'après avoir passé des dizaines d'années à partager les joies et les souffrances de la vie.

En regardant les paquets qu'il portait, j'ai remarqué :

— Vous avez encore fait des folies.

— N'est-ce pas ? a renchéri sa femme en le poussant doucement, découragée. Il n'arrête pas d'acheter des livres, la maison en est remplie ! Vous ne voudriez pas venir tous les lui racheter un de ces jours ?

— Tout sauf ça, par pitié ! a aussitôt répliqué Sabu, paniqué, en joignant les mains pour la supplier. J'ai déjà fait le tri, la dernière fois.

Après les avoir quittés, j'ai ricané pendant un bon moment.

Nous avons continué de déambuler sur l'avenue Yasukuni-dôri, encore bondée à la nuit tombée. J'ai acheté tous les livres qui me plaisaient. Après nous avoir dit qu'elle connaissait une boutique pas mal, Tomo nous a emmenés dans une librairie du nom de Kintoto, spécialisée en manuels scolaires de l'ère Taisho. Les textes étaient rédigés dans un japonais désuet qui m'a paru si rafraîchissant que j'ai fini par acheter un manuel à 2 000 yens sur un coup de tête.

Le soir venu, quand toutes les boutiques ont commencé à baisser le rideau, nous sommes allés dans un restaurant du bâtiment Sanseido, où nous avons dîné ensemble. Takano était déjà plus détendu, et le champ de fleurs semblait s'être envolé. Il en connaissait un rayon en littérature étrangère, et, pendant le repas, il nous a vanté les mérites d'écrivains tels que Faulkner, Capote et Updike, comme si son manque d'éloquence n'était en réalité qu'un vilain mensonge. Tomo et moi étions impressionnées.

Ç'avait été une journée bien remplie, et particulièrement excitante. Plus tard, lorsque Takano est venu me remercier, je ne pensais pas le mériter. Puisque celle qui s'était le plus amusée, c'était moi.

Le dernier jour du festival, après la fermeture du magasin, je me suis retrouvée seule dans ma chambre, perdue dans mes pensées.

En regardant par la fenêtre, j'ai vu que la rue était calme, comme si l'agitation de la semaine n'avait été qu'une illusion. Je me suis allongée sur mon futon, et les aiguilles du réveil m'ont soudain paru plus bruyantes que les autres soirs. Alors que je restais là, immobile, à contempler le plafond, une angoisse sans nom s'est abattue sur moi, me faisant me sentir aussi triste et seule que le jour où j'avais posé mes valises à la librairie.

J'ai sursauté en entendant des coups frappés aux portes en papier coulissantes. Lorsque j'ai craintivement regardé dans cette direction, j'ai vu deux yeux m'observer à travers l'entrebâillement.

J'ai crié, telle l'héroïne d'un film d'horreur.

— Je t'ai fait peur ? a demandé une voix étrangement aiguë, puis une touffe de cheveux hirsute est apparue.

J'ai poussé un soupir de soulagement.

— Ne refais plus jamais ça.

— Désolé, désolé.

Mon oncle a demandé, en levant les grands sacs en plastique qu'il avait dans chaque main :

— Je peux t'embêter un petit peu ?

Il est entré dans la pièce, puis il a déballé quelques achats, notamment de l'alcool et des jus de fruits, avant de les poser sur la table basse. Il y avait même des chips et du calamar séché.

— Tu n'étais pas censé aller à la soirée du comité ?

— Je suis juste allé leur dire bonsoir et je suis parti. J'avais envie de fêter ça avec toi plutôt, rien que nous deux.

Il a esquissé un sourire d'enfant malicieux.

— On n'a jamais bu d'alcool ensemble, si ?

— Pas mal, ton idée. Allez, trinquons.

Mon coup de blues s'était envolé. Place à la bonne humeur !

Une fois les sacs de courses entièrement vidés de leur contenu, la pièce a véritablement pris des airs de fête. Nous avons siroté nos boissons en écoutant le crissement des insectes qui pénétrait par la fenêtre ouverte.

Le calme de la nuit nous enveloppait, et le temps semblait s'écouler plus doucement, comme s'il avait ralenti sa marche.

— On dirait que tu t'es habituée à ta nouvelle vie, a constaté mon oncle, adossé à la bibliothèque, les jambes confortablement étendues devant lui.

— Oui. Au début, je ne savais pas vraiment comment tout ça allait se passer, mais finalement, j'arrive à profiter de ces vacances de la vie, ai-je répondu en riant.

— Tant mieux.

— Mais c'est frustrant.

— Pourquoi ?

— Parce qu'on dirait que tu as toujours su. Dès le départ. Que j'allais me plaire ici.

— Mais non, voyons. Je suis content que tu te sentes bien à la librairie. Tu peux rester pour toujours, si c'est ce que tu veux.

Ses mots emplis de tendresse m'ont serré le cœur.

— Pourquoi tu es si gentil avec moi ? Je sais que je suis ta nièce, mais on ne se voyait pas beaucoup, avant ça.

— Parce que je t'aime, Takako, a-t-il déclaré d'un ton posé, sans montrer le moindre signe d'embarras. Pour toi, je ne suis qu'un oncle que tu ne connais pas très bien. Mais, pour moi, c'est différent. Tu es un ange, à mes yeux.

— « Un ange » ?

J'ai failli recracher la bière que j'étais en train de boire. C'était la première fois que quelqu'un, homme ou femme, me faisait pareille déclaration.

— Un ange, oui. Tu m'as sauvé.

— « Sauvé » ? ai-je répété, de plus en plus confuse.

Je n'avais pas le souvenir d'avoir jamais fait quoi que ce soit pour lui.

— Oui. Mais enfin, ce n'est que le délire d'un vieux fou, je ne suis même pas sûr que cette histoire t'intéresse, alors arrêtons-nous là.

— Si ça m'intéresse, et j'ai envie de l'entendre, cette histoire, ai-je répondu en toute honnêteté.

Il m'a dévisagée en me demandant si j'étais sérieuse. Lorsque j'ai hoché la tête, il s'est mis à raconter lentement, comme s'il extirpait des souvenirs de sa mémoire :

— À la fin de l'adolescence, je vivais dans un état, disons, dépressif, car je n'arrivais pas à trouver de sens à ma vie. Je ne me sentais pas à ma place à l'école, pas à ma place à la maison, et je me renfermais de plus en plus dans ma coquille. Je n'avais que trop conscience de moi-même, et nourrissais un paquet d'idéaux et d'ambitions, bien plus que les autres, mais malgré tout, je n'avais rien, je me sentais complètement vide. Voilà comment j'étais. Je n'arrivais pas à croire qu'il y avait une place pour moi dans ce monde.

J'ignorais que mon oncle avait traversé une période si sombre. Mais je ne voyais toujours pas le rapport avec l'ange.

— C'est à peu près à cette époque que ma sœur t'a donné naissance. Nous nous sommes rencontrés lorsqu'elle est venue à la maison pour te présenter à la famille. Quand je t'ai vue, si minuscule, emmitouflée dans ta couverture, à dormir paisiblement, j'ai failli pleurer sans savoir pourquoi. Tout à coup, je me suis… comment dire… senti submergé par les mystères de la vie. *Cette enfant va grandir, découvrir tout un tas de choses, vivre tout un tas de premières expériences…*, ai-je songé, et je me suis senti aussi heureux que si c'était moi qui allais vivre tout ça. C'était comme si une lumière, une lumière douce et chaude, venait soudain d'envahir mon cœur déformé. Et là, j'ai senti une volonté farouche prendre racine en moi. J'étais déterminé. Déterminé à ne plus rester dans ma cage, à ne plus m'obstiner. Déterminé à bouger, à voir le monde, et à apprendre. Déterminé à chercher la place qui serait la mienne, à trouver un endroit où je me dirais enfin que je suis où je dois être. C'est ce qui m'a poussé à partir en voyage, et à lire tous ces livres. En fin de compte, te rencontrer a été une révélation, en quelque sorte.

—Une « révélation »… c'est… waouh !

—Voilà pourquoi je dis que tu m'as sauvé. Je serais prêt à tout pour toi.

Il s'exprimait avec un tel sérieux que je n'ai pas réussi à trouver les mots pour lui répondre. Je me sentais honteuse, aussi honteuse qu'une enfant, d'avoir pu être mal à l'aise avec lui, tout comme de l'avoir jugé agaçant. Jamais je n'aurais imaginé ce que je représentais à ses yeux… je venais enfin de comprendre pourquoi mon oncle se montrait si gentil avec moi quand j'étais petite fille. Je n'étais qu'une idiote. Jusqu'alors, je croyais que sa gentillesse était un privilège auquel j'avais tout naturellement droit.

Mon cœur se consumait de joie de savoir que quelqu'un m'aimait à ce point. Faisant de mon mieux pour refouler les larmes qui me montaient aux yeux, j'ai bredouillé, sur le ton de la plaisanterie :

— Ce n'est pas quelque chose qu'on dit en mangeant du calamar séché.

Mon oncle a ri.

— Tu as fini par trouver ta place ? ai-je demandé.

— On peut dire ça, oui. Mais il m'aura fallu du temps, beaucoup de temps.

— Et c'est ici ?

— Oui, c'est ici, a-t-il acquiescé en hochant calmement la tête. Notre éternelle petite librairie. C'est drôle, n'est-ce pas ? De penser que j'ai parcouru le monde en nourrissant de grandes ambitions, pour finalement atterrir à un endroit que je connaissais par cœur. Ça m'a pris du temps, mais je suis revenu. J'avais réalisé que ce n'était pas qu'une question de lieu. Qu'il fallait aussi prendre en compte le cœur. Oui, notre place est là où on peut se montrer honnête avec soi-même, peu importe avec qui on se trouve, ni où on se trouve. Quand je l'ai compris, ça a clos ce chapitre de ma vie. Je suis revenu à mon port d'attache pour y jeter l'ancre. Pour moi, il n'y a pas d'endroit plus sacré, plus apaisant qu'ici.

— Sabu m'a dit une fois que tu avais sauvé la librairie.

— Ha, ha ! C'est un peu exagéré. Pour le dire simplement, j'ai repris la boutique quand mon père est tombé malade, et que l'affaire était en danger. Au début, mon père s'est montré vraiment réticent à cette idée. Après tout, je n'étais qu'un irresponsable… et le secteur du livre d'occasion traversait une période très difficile. Mais je lui ai demandé de me laisser une chance de faire mes preuves, je l'ai même quasiment supplié à genoux.

— Je vois…

— Comment aurais-je pu regarder la librairie mourir sans rien faire ? C'est ici que je traînais quand j'étais gosse. Assis à côté de mon père, derrière le comptoir, à lire les contes d'Andersen en silence, à sentir sa grande main me tapoter la tête. J'étais heureux, vraiment heureux à ce moment-là. J'avais l'impression que si la librairie venait à disparaître, mes souvenirs allaient s'évanouir avec elle. Je ne pouvais pas rester les bras croisés.

Ses confidences m'ont bouleversée. Je savais, du moins je croyais savoir qui était mon oncle. Mais il avait enduré tant de tourments, tant de douleurs ! Son cœur avait dû crier bien plus fort que le mien ne pourrait jamais le faire. Un cœur si généreux.

Peut-être que ce large sourire qu'il affichait en permanence n'était qu'un moyen pour lui de cacher aux autres ce qu'il ressentait vraiment, un effort qui me paraissait d'autant plus touchant.

Et d'autant plus triste.

— Si seulement cet endroit avait eu la même valeur aux yeux de Momoko qu'aux miens... Quand elle est partie, je luttais pour remettre la librairie sur pied, et je ne me suis rendu compte de rien, jusqu'à la fin. Je n'ai pas remarqué les changements subtils qui s'étaient opérés en elle.

— Tonton ?

— Oui ?

— J'aime cette librairie. De tout mon cœur.

J'aurais aimé trouver quelque chose d'un petit peu plus spirituel à dire, mais ces mots étaient les seuls à m'être venus. Ils décrivaient parfaitement ce que je ressentais.

— Merci. On ne peut pas dire que cette librairie soit indispensable à beaucoup de monde, mais tant qu'elle paraît essentielle aux yeux d'une personne, une seule personne, ça me donne la force de continuer pour les dizaines d'années à venir. « Le bateau avance au gré du courant, il se laisse porter, insouciant », c'est ainsi que je veux mener ma vie, au service de cette boutique, a-t-il conclu avec un sourire paisible.

Notre conversation m'a amenée à réfléchir plus sérieusement à mon avenir.

La librairie était un havre de paix, mais je ne pouvais décemment pas passer le restant de mes jours dans un cocon. Au risque de ne jamais évoluer. Et de rester faible à jamais. J'ai songé que je devais m'en aller. Reprendre ma vie en main.

Pourtant, la simple idée de quitter la librairie me faisait aussitôt me sentir vulnérable, et m'effrayait au plus haut point. Je voulais demeurer encore un peu, juste un peu. À l'abri dans mon cocon.

En fin de compte, n'ayant pas réussi à franchir le pas, j'ai continué de vivre à l'étage de la librairie Morisaki.

J'attendais probablement d'avoir un déclic, qui me pousserait à partir.

Et, un jour, soudain, il est survenu.

Ce coup de téléphone, je l'ai reçu le 2 janvier.

Je n'étais pas rentrée chez mes parents pour le Nouvel An, j'avais préféré le passer à traîner à Jinbôchô. La boutique était fermée jusqu'au 5 janvier, et mon oncle s'était absenté pour un petit séjour dans une source thermale avec ses collègues bouquinistes. J'avais la librairie à moi toute seule.

Le quartier était désert durant les fêtes de fin d'année. Il n'y avait pas de maisons aux alentours, et à cette période, lorsque les restaurants et les entreprises baissaient le rideau pour congé, on ne voyait pas âme qui vive dans les rues. D'ailleurs, peu de voitures s'aventuraient sur l'avenue Yasukuni-dôri.

Le soir du réveillon, je suis allée me recueillir au sanctuaire Yushima Tenjin avec Tomo, mais cette sortie mise à part, j'étais complètement libre. Le jour du Nouvel An et le 2 janvier, je suis partie me promener seule, tôt le matin.

Cela faisait un bien fou de flâner dans les rues vides, même l'air me paraissait plus pur que d'ordinaire. Je laissais le vent s'amuser avec mon écharpe, tout en marchant sans but précis, m'arrêtant de temps à autre pour prendre de profondes inspirations.

De retour à la librairie, j'ai remarqué que mon portable, que j'avais abandonné dans ma chambre, clignotait.

J'avais beau avoir supprimé ce numéro de mon répertoire, quand je l'ai vu s'afficher dans la liste des appels en absence, je l'ai immédiatement reconnu. La sensation de bien-être dans laquelle je baignais s'est aussitôt évanouie, remplacée par une douleur qui me compressait la poitrine. J'ai appuyé sur la touche d'un doigt tremblant et j'ai consulté mon répondeur.

« Salut, Takako ! Ça fait longtemps que je n'ai pas eu de tes nouvelles, tu vas bien ? Je m'ennuie à mourir, ça te dirait qu'on se voie ? Tu n'as qu'à m'appeler, et aussitôt je… »

J'ai appuyé sur la touche de suppression du message avant d'avoir fini de l'écouter, mais le mal était fait. Le sentiment détestable, qui s'était propagé dans mon cœur à une vitesse folle, y était déjà bien implanté.

Même après la réouverture de la librairie, la douleur n'a cessé d'empirer.

Une masse indescriptible, pesante et glacée, gagnait du terrain dans mon cœur, en bloquant peu à peu le mécanisme. J'ai bien été obligée d'admettre que je n'en avais toujours pas fini avec cette histoire. Je n'avais fait que la mettre de côté, attendant simplement que le temps érode mes souvenirs. Six mois s'étaient écoulés, mais quelques secondes à écouter sa voix avaient suffi pour m'ébranler jusqu'au plus profond de mon être. Je venais enfin de comprendre qu'on ne pouvait rien résoudre juste en masquant sa rancœur.

— Takako, il y a quelque chose qui te tracasse ? Tu peux tout me dire, tu sais, m'a tout à coup lancé mon oncle, vers la fin du mois de janvier, alors que nous venions de fermer la boutique.

— Comment tu… comment tu sais ? ai-je demandé, déstabilisée.

— Il suffit de te regarder pour le deviner. Et je ne suis pas encore aveugle, a-t-il grogné, boudeur.

Je m'étais comportée normalement – du moins, c'était ce que je croyais – pour ne pas avoir à me reposer sur lui. Mais, de toute évidence, il m'avait percée à jour.

— Tu avais l'air d'aller bien mieux, j'étais même soulagé de te voir en si bonne forme. Mais tu es un peu bizarre, depuis quelque temps. Quand je te parle, tu as la tête ailleurs.

— Ah…

— Oui. Bon, je ne vais peut-être pas pouvoir t'aider, mais te confier à moi pourrait te faire du bien.

Je comptais ne rien dire à personne, mais ses paroles ont eu raison de moi. En fin de compte, je voulais que quelqu'un m'écoute. Que quelqu'un me console. Une épaule sur laquelle pleurer. Ce que je pouvais être pathétique ! Mais il venait d'abattre la forteresse que j'avais si patiemment érigée.

Installée avec lui dans ma chambre, je lui ai révélé toute l'histoire autour d'un verre. Une pluie froide avait commencé à tomber, et nous entendions les gouttes crépiter contre la fenêtre.

— Ce n'est pas si grave, en réalité.

C'est par ces mots que j'ai commencé à lui raconter ce qui m'était arrivé. Et effectivement, en m'entendant parler, j'ai réalisé que ce n'était pas si grave. J'avais simplement perdu mon petit ami et mon travail. Rien de plus. Tout cela me semblait ridicule, tout compte fait, et je me suis même autorisé un ou deux petits rires moqueurs. Pourtant, ouvrir mon cœur m'avait libérée d'un poids.

Mon oncle m'écoutait en silence, enchaînant les gorgées de whisky, ce qui ne lui ressemblait guère. Après une heure passée à me lamenter, à bégayer et à buter sur certains passages de mon récit, je me suis enfin tue.

Mais il n'a pas desserré les lèvres. Il a contemplé le verre qu'il tenait à la main pendant un petit moment, comme perdu dans ses pensées.

Puis il l'a vidé d'un trait, et a déclaré, résolu :

— On y va. Chez lui. Maintenant. Pour qu'il te présente ses excuses. « Je suis désolé de t'avoir fait du mal. Je suis un type horrible. » Je veux entendre ces mots sortir de sa bouche.

Un rebondissement de taille, qui m'a prise au dépourvu.

— Quoi, maintenant ? Mais il est 23 heures !

— Rien à foutre.

Il s'est levé d'un bond, et il s'apprêtait à quitter la pièce quand je l'ai retenu par le bras.

— C'est bon, c'est bon, j'ai été idiote. Je voulais juste que quelqu'un m'écoute. En plus de ça, tu es bourré, tonton.

— Non, je ne suis pas bourré. Enfin, si un peu, en fait. Mais ça n'a rien à voir. Tu lui en veux, non ? Tu lui en veux d'avoir profité de toi ?

— Bien sûr que je lui en veux, je lui en veux même encore maintenant.

— Alors on y va ! Il faut effacer toute cette rancœur. Sinon, tu resteras hantée à jamais par les fantômes du passé.

— Mais on dirait juste un père qui intervient dans une bagarre d'enfants, c'est super gênant, ai-je remarqué d'un ton larmoyant.

— Il n'y a pas de quoi avoir honte ! a-t-il hurlé.

Comment mon oncle, avec son petit gabarit, pouvait-il pousser un cri si puissant ?

— Il n'y a pas de quoi avoir honte ! Tu es ma nièce adorée. Je te l'ai dit, non ? Je t'aime, Takako, je t'aime vraiment. C'est pourquoi je ne peux pas lui pardonner ce qu'il t'a fait. C'est une question d'honneur. Je ne pourrai jamais lui pardonner.

— Ce n'est pas logique, ce que tu dis. Tu veux faire ça pour moi ou pour ton ego ?

— Je dois y aller, pour me sentir mieux. Tu n'es pas obligée de venir, mais moi j'y vais. Dis-moi où il habite. Je vais aller lui refaire le portrait.

« Lui refaire le portrait » ? Cette histoire devenait chaque seconde plus insensée.

— Attends, attends, calme-toi. Si tu fais ça, tu risques d'avoir des ennuis. Tu pourrais même te faire arrêter. En plus, il faisait partie d'une équipe de rugby au lycée et à l'université. Regarde-toi, tonton, tu es maigre comme un coucou, ce n'est pas toi qui vas lui refaire le portrait, c'est lui qui va te réduire en miettes.

— C'est pas… c'est pas ça qui va m'arrêter !

Mais il semblait avoir un peu perdu de son agressivité.

— Allez, viens, ça ne sert à rien, on va plutôt trinquer tous les deux, ai-je proposé avec un sourire de façade pour désamorcer la situation.

— Ne fuis plus, Takako, m'a-t-il renvoyé d'un ton excessivement sérieux en me faisant face. Je suis là, alors ne fuis plus.

Son regard était inflexible. Nous nous sommes dévisagés pendant de longues secondes.

Non, je ne devais plus fuir. Ou rien ne changerait jamais. C'était une évidence.

Je me suis mordu la lèvre inférieure.

— D'accord, tonton. On y va.

Il a acquiescé d'un hochement de tête déterminé.

Quarante minutes plus tard, lorsque le taxi nous a déposés devant la résidence de Hideaki, la pluie avait redoublé d'intensité. Nous n'avions pas pris le temps d'attraper un parapluie, et nous avons couru vers l'entrée, trempés jusqu'aux os.

— C'est ici ? s'est assuré mon oncle en s'immobilisant devant la porte qui portait le numéro 204.

— Je crois, oui, ai-je répondu en fouillant dans mes souvenirs.

À présent que j'y pensais, je n'étais venue chez lui qu'à deux reprises pendant tout le temps qu'avait duré notre relation. Quand on se voyait « à la maison », c'était toujours chez moi. Une situation qui n'avait rien de normal, et je ne m'en rendais compte qu'aujourd'hui : je n'étais pas très futée, comme fille.

Les cheveux dégoulinants de pluie, il a appuyé sur la sonnette sans l'ombre d'une hésitation. Je tremblais de la tête aux pieds, un peu à cause du froid, un peu à cause du stress. Je me sentais nauséeuse. Maintenant que je me tenais face à cette porte, la résolution dont j'avais fait preuve une heure plus tôt commençait à s'émousser.

Pour que tout s'arrête, il me suffit de faire comme si rien ne s'était jamais passé et de tourner les talons, ai-je songé en contemplant le vantail en fer.

Trop tard. Une présence se faisait déjà sentir derrière. Nous avons entendu le bruit d'une clé qui pivote dans la serrure, et la porte s'est entrebâillée, offrant un interstice de la largeur d'un doigt.

— Qui est-ce ? a demandé une voix grave qui m'était familière.

Mon oncle s'est aussitôt emparé du battant et l'a poussé avec force. Hideaki est apparu devant nous en jogging, la bouche ouverte de surprise. Il venait probablement de se réveiller, car ses joues portaient encore les traces de l'oreiller, et ses cheveux étaient en bataille.

La ligne robuste de ses épaules et la finesse de ses traits n'avaient pas changé. Bon, il n'y avait rien d'extraordinaire à cela : après tout, il ne s'était pas écoulé dix ans depuis notre dernière rencontre. Une douleur lancinante m'a vrillé la poitrine à l'instant même où mes yeux se sont posés sur lui.

Hideaki nous regardait à tour de rôle, les yeux ronds. Finalement, il s'est adressé à mon oncle :

— Mais vous êtes qui, vous ?

— L'oncle de Takako.

— Pardon ?

— Son oncle Satoru. Le frère de sa mère.

— Oui, j'avais compris, mais… et donc ? Qu'est-ce que vous me voulez ?

— On ne serait pas là si on n'avait pas une bonne raison. Est-ce qu'on a l'air d'être venus vous vendre un abonnement à un journal ?

— Quoi ?! Mais non, je… je vous demande de me dire ce que vous êtes venus faire ici, a-t-il répliqué d'un ton où perçait l'agacement.

J'assistais à leur échange avec un sentiment de malaise grandissant. Mon oncle se montrait particulièrement provocant.

— Si on est ici, c'est parce que vous vous êtes montré ignoble avec Takako. Ne me faites pas croire que vous n'en aviez vraiment aucune idée !

— Hein ?!

La tension dans sa voix avait monté d'un cran. Mais mon oncle ne s'est pas laissé intimider.

— Vous avez joué avec elle, jusqu'à la pousser à quitter son travail… Vous n'avez pas de cœur ? Ça ne vous dérange pas, de faire autant de mal à quelqu'un ?

— Attendez, attendez ! Moi ? La blesser ? Quand ? À quel moment ? C'est *elle* qui vous a dit ça ?

— Oui.

— Vous êtes con ou quoi ? Vous avez beau être son oncle, son grand-père ou je ne sais qui, pourquoi vous avalez tout ce que vous raconte cette femme ? Ce n'est rien que des bobards. C'est elle qui n'a pas arrêté de me courir après !

— Et elle gagnerait quoi à mentir ? C'est à cause de vous, si elle a dû démissionner. Toute cette histoire la fait encore beaucoup souffrir aujourd'hui.

— C'est une grande fille, qui a pris sa décision toute seule.

Mon oncle a poussé un profond soupir.

— C'est peine perdue, Takako. Ce type est pourri jusqu'à la moelle.

— Hé, le vieux, fais gaffe à ce que tu dis ! a grondé Hideaki en faisant un pas en avant.

À présent dans le couloir, Hideaki fixait mon oncle d'un œil noir. Entre le petit Satoru et le grand Hideaki, il y avait près de vingt centimètres d'écart.

Mon oncle soutenait son regard, le menton levé avec défi, mais il n'avait rien d'impressionnant.

— Qu'est-ce qui se passe ? a lancé une jeune femme en pyjama, depuis le fond de la pièce.

Sa fiancée, Mlle Murano.

Je ne pouvais imaginer pire scénario. Je me tenais là, à ne plus savoir quoi faire, honteuse et mortifiée.

— Takako ? a-t-elle demandé en me voyant, les sourcils froncés. Qu'est-ce qui se passe ? Vous êtes trempée…

— Elle a débarqué sans prévenir. Hein, Takako, tu as perdu la tête, ma vieille ? À quoi tu pensais, en te pointant ici avec ton oncle, au beau milieu de la nuit ?

— Vas-y, Takako, balance tout.

— Euh…

J'ai levé les yeux avec crainte. Tout le monde me fixait.

Comment avait-on pu en arriver là ?

Je sentais leurs regards me transpercer, et je n'avais qu'une envie : devenir fumée et m'évaporer. Ils attendaient en silence que je dise quelque chose. Je me suis creusé la tête pour trouver les mots qui pourraient, d'une manière ou d'une autre, arrondir les angles.

« Je passais dans le coin. Je suis venue lui demander de me rendre le livre que je lui avais prêté. Et vous féliciter pour le mariage. »

Non. Ce n'était pas ça. Ce n'était pas ce que je voulais dire. Pourquoi étais-je venue ici ? Pour trouver le soulagement, non ? Alors si je tombais encore dans le piège de la complaisance, rien, jamais, ne serait résolu.

Ressaisis-toi, allez, vas-y, me suis-je ordonné.

— Je…

Leur attention s'est focalisée sur ma bouche. J'ai pris une grande inspiration. Mon oncle m'a encouragée du regard. Les larmes menaçaient de couler. Mais, au même instant, les émotions emprisonnées au plus profond de mon cœur sont remontées à la surface. Et, sans avoir le temps de réfléchir, les mots ont jailli de mes lèvres, se déversant en un flot ininterrompu.

— Si je suis venue, c'est pour exiger des excuses. Je n'étais qu'un passe-temps à tes yeux. Mais pour moi, c'était différent ! Je t'aimais, je t'aimais vraiment. Je suis un être humain avec des sentiments, même si, pour toi, je n'étais qu'une pauvre petite chose facile à manipuler, je pense, je respire, je pleure. Tu as conscience de tout le mal que tu m'as fait ? Je… je…

Ma voix s'est brisée, m'empêchant de continuer. J'étais déjà trempée par la pluie et les larmes, et voilà que mon nez se mettait à couler. Il m'avait fallu six mois, six mois pour lui dire tout ce que j'avais voulu lui dire ce soir-là au restaurant.

— Bien dit, Takako, m'a félicitée mon oncle en me prenant fermement par l'épaule. Alors, qu'est-ce que vous comptez faire ? Elle vous a dit ce qu'elle avait sur le cœur. À vous de répondre, maintenant.

Hideaki s'est muré dans le silence, tête baissée. Finalement, il a murmuré :

— Tout ça, c'est des conneries. Je n'ai pas de temps à perdre avec des illuminés comme vous. Je vais me coucher. Et vous avez intérêt à dégager, si vous ne voulez pas que j'appelle la police.

Il est rentré et a doucement refermé la porte. Le bruit de la clé qui tourne dans la serrure s'est de nouveau fait entendre, puis le couloir est redevenu silencieux.

— Hé, enfoiré !

Mon oncle a foncé sur la porte comme un taureau, et s'est mis à tambouriner avec les poings contre le battant. Je l'ai attrapé par-derrière pour le retenir.

— C'est bon, tonton.

— Mais…

— C'est bon, je t'ai dit. Ça m'a fait un bien fou. Je me sens libérée d'un poids, et c'est peut-être même la première fois que je me sens aussi légère. Jamais dans ma vie, je n'avais osé dire à voix haute tout ce que j'avais sur le cœur.

J'ai affiché un sourire sur mon visage couvert de larmes et de morve.

— Bon, si c'est ce que tu veux, a-t-il marmonné, visiblement peu convaincu. Tu es sûre ?

— Certaine. On rentre ? On va finir par attraper froid tous les deux, à rester plantés là.

— D'accord.

— Allez, on y va.

Face à la porte, j'ai murmuré un dernier au revoir en esprit, puis nous sommes partis.

Nous nous sommes à peine parlé dans le taxi, sur le chemin du retour. Mon oncle, vidé de ses forces, se tenait avachi sur la banquette arrière, et j'étais assise à côté de lui, débarrassée de toutes mes tensions, perdue dans mes pensées.

Hideaki n'était pas le seul fautif. Je le savais, et ce, depuis le début. J'avais ma part de responsabilité dans ce qui m'était arrivé. C'était mon manque de discernement et de volonté qui m'avait fourrée dans ce pétrin. Mais j'avais eu besoin de vider mon sac. Quitte à passer pour une égoïste. Cette faiblesse, qui jusqu'alors m'empêchait de le faire, ne m'avait causé que de la souffrance. Hideaki, qui de toute évidence n'avait pas conscience de m'avoir blessée, allait sans doute subir des dégâts collatéraux, mais j'avais eu besoin de lui cracher mes émotions au visage. Pour pouvoir aller de l'avant. Pour ne plus rester bloquée sur place, les pieds englués dans le sol. Si mon oncle ne m'avait pas offert l'opportunité de le faire, ces émotions seraient demeurées coincées en moi pour le restant de mes jours.

J'ai cherché encore et encore la meilleure façon de lui exprimer ma reconnaissance. Rien. Un seul petit mot est venu. Alors je le lui ai dit, en toute sincérité :

— Merci.

Il m'a souri, puis il m'a attrapée par l'épaule et m'a serrée contre lui.

La chaleur de son corps m'a apaisée. Je me sentais en sécurité. Il y avait quelqu'un, sur cette terre, qui s'inquiétait pour moi, qui se mettait en colère pour me défendre, comme s'il était directement impliqué.

Il n'y a pas si longtemps, j'avais l'impression d'être seule dans ce vaste monde, alors qu'il y avait quelqu'un, tout près, qui veillait sur moi, qui m'aimait. J'en étais infiniment heureuse.

Notre taxi roulait tranquillement au milieu des néons brouillés par la pluie.

J'ai pris la décision de quitter la librairie peu de temps après.

Le déclic tant attendu avait pris une forme étrange, mais il avait bien eu lieu. Tout ce qui m'entravait avait disparu, et je me sentais beaucoup plus légère, enfin prête à partir.

J'ai trouvé un nouveau studio, où j'allais pouvoir m'installer dès le mois de mars. Il se situait assez loin de la librairie, mais je n'avais pas le choix. Il me restait encore beaucoup de points à éclaircir concernant mon avenir, mais pour ce qui était du travail, j'avais réussi à décrocher un poste à temps partiel dans une petite agence de design grâce à mon ancien réseau professionnel.

Lorsque je lui ai fait part de mon intention de partir, mon oncle n'a pas caché sa surprise et m'a dit, légèrement paniqué :

— Ce n'est pas la peine de précipiter les choses…

Mais ma décision était déjà prise.

— Cette pause dans ma vie a duré suffisamment longtemps. Il est temps pour moi de voyager, pour trouver ma place dans ce monde. Sinon, je finirai sans rien.

Mon oncle n'a rien trouvé à redire.

Le dernier mois avant mon déménagement, j'ai savouré chaque journée passée à la librairie Morisaki. Je me suis investie plus que jamais dans mon travail, et le reste du temps, je le passais à lire. J'ai aussi fait le grand ménage de la boutique et de l'étage, emplie d'un sentiment de gratitude. J'ai rangé avec amour les livres que j'avais balancés dans la pièce adjacente à ma chambre, le jour de mon arrivée.

J'ai annoncé mon départ aux habitués de la librairie, ainsi qu'au personnel du café Subouru. La nouvelle les a attristés. J'ai bien failli fondre en larmes en pensant à tout l'amour que j'avais reçu. Sabu m'a demandé si je ne voulais pas épouser son fils, et j'ai bien cru qu'il allait réellement nous organiser une rencontre arrangée.

Takano et Tomo m'ont préparé une petite fête d'adieu. Nous avons partagé un plat de fondue *nabe* à l'étage de la librairie, et nous nous sommes amusés jusqu'à pas d'heure. Tomo était chagrinée à l'idée de perdre son amie de lecture, mais elle m'a fait promettre de nous rendre ensemble au prochain festival du livre d'occasion.

Et, d'après ce que Takano m'a discrètement soufflé ce soir-là, Tomo et lui étaient allés au cinéma, à Shibuya. Ils ne sortaient pas encore ensemble, mais c'était un remarquable pas en avant.

— C'est génial ! me suis-je écriée en lui donnant spontanément une grande tape dans le dos.

J'ai également reçu un coup de téléphone inattendu, de la part de la fiancée de Hideaki, Mlle Murano. Nous avons convenu d'un rendez-vous dans un café.

Ce qui me désolait le plus, après cette nuit-là, c'était d'avoir impliqué Mlle Murano dans cette histoire. Je me suis rendue à notre rendez-vous avec la ferme intention de lui demander pardon. Cependant, lorsque nous nous sommes retrouvées face à face, c'est elle qui s'est inclinée devant moi en me présentant des excuses.

Elle nourrissait déjà des soupçons depuis quelque temps et, en voyant l'état dans lequel je me trouvais ce soir-là, elle avait aussitôt compris. Elle l'avait pressé de questions, et son fiancé avait fini par avouer. Jamais, avant cela, elle n'avait pensé à moi dans le rôle de la maîtresse.

Elle ne cessait de s'excuser, et lorsque je lui ai dit que j'avais aussi ma part de responsabilité, elle s'est contentée de secouer la tête. Pour l'heure, le mariage n'était plus d'actualité.

— Ce n'est pas votre faute, Takako, m'a-t-elle assuré en voyant ma confusion.

Tout de même, je me sentais coupable.

Quand je me suis confiée à mon oncle à ce sujet quelques jours plus tard, il m'a répondu :

— Elle a raison. Il vaut mieux qu'elle apprenne maintenant quel genre de type il est, plutôt que de le découvrir une fois qu'il sera trop tard.

Ces mots m'ont soulagée d'un poids, et, même s'ils sortaient de la bouche d'un homme qui n'avait que mépris pour Hideaki, ils décrivaient bien la réalité.

Lors de notre dernière soirée ensemble, mon oncle et moi avons bu un café en contemplant le ciel étoilé depuis le balcon à l'étage.

Il m'a offert tout un tas de livres en souvenir. Des livres qui l'avaient marqué dans sa jeunesse. Lorsque j'ai jeté un coup d'œil dans le volumineux sac, j'y ai découvert des noms tels que Fukunaga Takehiko ou Ozaki Kazuo. Uniquement des auteurs assez pointus.

L'ambiance était à la détente. Et jamais je ne pourrais oublier ce qu'il m'a dit, ce soir-là.

— Je veux que tu me fasses une promesse, Takako. Promets-moi de ne pas avoir peur d'aimer. Aime les autres, autant que tu peux. Même si l'amour va parfois de pair avec la tristesse, une vie passée sans aimer est une vie morne. Je n'ai pas envie que tu arrêtes d'aimer à cause de ce qui s'est produit. Aimer, c'est merveilleux. Ne l'oublie pas. Le souvenir d'avoir aimé quelqu'un ne s'effacera jamais de ta mémoire, et il réchauffera ton cœur pour toujours. C'est une chose que l'on comprend en prenant de l'âge, comme moi. Alors, tu peux me le promettre ?

— Je te le promets. Je crois même que c'est une des leçons que j'ai apprises ici. Tu n'as pas à t'en faire.

— Très bien. Alors tout ira bien pour toi, où que tu ailles.

— Merci, tonton.

Quand est arrivée l'heure du départ, j'ai longuement contemplé la librairie Morisaki, baignée des lueurs matinales. J'avais du mal à croire que j'avais vécu dans ce petit édifice en bois, qui n'était plus de la première jeunesse.

De minuscules nuages blancs s'échappaient d'entre mes lèvres, tandis que je restais immobile à la regarder. La rue était enveloppée par la douce lumière du jour. Aucune boutique n'était encore ouverte. Tout était calme, nimbé d'une atmosphère paisible, presque irréaliste.

Je me suis redressée, et je me suis profondément inclinée face au bâtiment. Je me suis juré de ne jamais oublier tout ce que la librairie Morisaki m'avait apporté.

J'ai remercié mon oncle du fond du cœur qui, même s'il était encore tôt, avait fait le chemin exprès pour me dire au revoir. Mon oncle, à présent si cher à mon cœur. Qui aurait pu imaginer une chose pareille, quelques mois auparavant ? Certainement pas moi.

Au moment de nous séparer, il s'est mis à pleurer comme un enfant, sans chercher à cacher ses larmes, comme si l'attitude virile que je l'avais vu parfois adopter n'était qu'une façade.

— Non, tout compte fait, je ne veux pas que tu partes. Reste, Takako, a-t-il balbutié en serrant mes mains entre les siennes, semblant ne jamais vouloir les lâcher.

— Je reviendrai te voir.

Je l'ai réconforté, avec la nette impression que les rôles auraient normalement dû être inversés.

— Fais attention à toi, tonton. Et je compte sur toi pour veiller sur la librairie, pour le restant de tes jours.

Ma détermination risquait de vaciller si je m'attardais une minute de plus. J'ai donc rapidement dit au revoir à mon oncle, qui essayait de me retenir, et je me suis mise en marche.

J'ai remonté l'allée Sakura-dôri d'un pas vif, sans me retourner. Les souvenirs des jours passés affluaient à ma mémoire, faisant perler les larmes à mes paupières. J'ai tant bien que mal réussi à les refouler jusqu'au bout de la rue.

Soudain prise d'un pressentiment, je me suis arrêtée, et j'ai lentement fait volte-face.

Mon oncle, qui n'était plus qu'un petit point au milieu de la chaussée, agitait les bras dans ma direction. Je n'ai pu contenir mes larmes plus longtemps, et je les ai laissées rouler sur mes joues.

Le visage froissé par le chagrin, je lui ai adressé un signe de la main. En réponse, les gestes de mon oncle se sont faits plus frénétiques. Derrière lui rayonnait le soleil du matin.

— Prends soin de toi ! ai-je crié avant de me retourner et de m'engager sur l'avenue Yasukuni-dôri déjà bondée de monde.

Les autres passants devaient me prendre pour une folle, à me voir ainsi pleurer en public. Mais c'était le cadet de mes soucis. Je pleurais parce que j'avais envie de pleurer, et ces larmes étaient les plus douces que j'aie jamais versées.

Il flottait un soupçon de printemps dans l'air frais et piquant.

J'ai marché droit devant moi.

LE RETOUR DE MOMOKO

— Ça fait un bail, Takako ! Je me sens un peu comme Urashima Tarô qui rentre chez lui et se rend compte que trois siècles ont passé après sa visite au palais du Roi Dragon ! a lancé Momoko avec un rire en me voyant arriver devant la librairie où elle m'attendait.

Sa voix claire a résonné dans la ruelle. J'ai esquissé un petit geste de recul involontaire face à sa désinvolture. À la voir, on aurait dit que rien ne s'était jamais passé.

C'était donc vrai. Momoko était de retour. Il m'avait fallu attendre de me tenir devant elle pour comprendre que c'était réel. Non, bien entendu, je le savais déjà. Mais je savais aussi que je n'arriverais pas totalement à y croire avant de l'avoir vue de mes propres yeux. Comme quand un ami vous raconte que sa maison est hantée. C'était exactement la même sensation.

Momoko était vraiment là. Et avec le sourire, qui plus est. Comment osait-elle afficher une joie pareille ?

Ce n'était pas le comportement que l'on était censé avoir, quand on réapparaissait après avoir disparu pendant cinq ans. Mon oncle Satoru me faisait penser à un chien qui viendrait d'avaler un truc avarié. Cela aurait dû être le contraire.

— Qu'est-ce que c'est que cette tête ? On dirait que tu as vu un fantôme ! Ce n'est pas très gentil pour moi, a repris Momoko, la moue boudeuse, alors que je m'obstinais dans mon silence.

J'ai failli lui répondre que j'aurais été moins surprise si j'avais vu un fantôme. Mais je me suis retenue à temps.

— Tu as l'air en forme, ai-je enfin réussi à marmonner.

Plus de dix ans s'étaient écoulés depuis notre dernière rencontre.

Momoko était une belle femme, à l'époque. Pas le genre de beauté à vous couper le souffle, mais de celle qui, curieusement, attirait le regard. Comme ces pierres brillantes échouées sur la plage, et qui n'ont aucune valeur. Adolescente, j'étais impressionnée par la façon dont elle se tenait dans son coin, le buste bien droit, sans attirer l'attention (Momoko était petite) pendant les réunions de famille. Elle m'apparaissait entourée d'une aura de mystère.

Les années ne lui avaient en rien fait perdre de ses charmes. Elle portait un pull marron clair, un jean bleu, et presque pas de maquillage. Mais son visage expressif, sa posture et son élocution naturelle lui donnaient l'air plus jeune. Plutôt que de vieillir, on aurait presque pu dire qu'elle avait subi une mue qui l'avait débarrassée du superflu.

Elle débordait d'énergie, et ne ressemblait en rien à quelqu'un de retour après une fugue. Avec son dos voûté, ses vêtements débraillés et ses cheveux en bataille, mon oncle faisait quant à lui bien plus que son âge.

— Tu es une vraie jeune femme à présent, a-t-elle remarqué en plissant les yeux, comme éblouie. Tu n'étais encore qu'une petite lycéenne, aux funérailles de ton grand-père. J'ai l'impression que c'était hier !

C'est ainsi qu'au crépuscule d'une belle journée d'automne mon oncle, ma tante et moi nous sommes retrouvés devant la librairie Morisaki.

— Elle est rentrée.

Mon oncle m'avait téléphoné deux jours plus tôt, et sa voix, à l'autre bout du fil, était particulièrement fébrile.

Cela faisait un an et demi que j'avais quitté la librairie Morisaki.

Après cette longue pause au milieu des livres, j'avais commencé à travailler pour une petite agence de design. Trois mois plus tôt, j'avais enfin décroché un poste à temps complet, qui occupait pas mal de mon temps, et cela faisait deux bons mois que je n'avais pas rendu visite à mon oncle. C'est pourquoi, lorsqu'il m'a appelée, j'ai pensé qu'il voulait simplement m'inviter à venir le voir.

Pourtant, en entendant sa voix trembler d'excitation, j'ai aussitôt su qu'il se passait quelque chose.

Il m'a décrit la situation avec tant de détails que j'ai bien failli perdre patience. Pour résumer (une histoire qu'il avait mis deux heures à me raconter), ce jour-là et comme tous les autres jours, il avait travaillé à la librairie. La recette avait été bonne – il avait vendu des livres rares de Mori Ogai et d'Oda Sakunosuke avant midi –, ce qui l'avait mis de très belle humeur. Alors qu'il se préparait à fermer le magasin en sifflotant, la porte s'était lentement ouverte, et il avait entendu quelqu'un entrer.

Tiens, un client, à cette heure-ci ? s'est-il demandé, dos à la porte, tout en continuant de s'activer. Pourtant, le client restait planté sur le seuil, immobile, comme s'il retenait son souffle. *Encore un dérangé*, a-t-il songé, et alors qu'il s'apprêtait à se retourner, le client a murmuré quelque chose. En entendant cette voix, il s'est senti sonné, comme s'il venait de recevoir « un gros coup de massue sur la tête ».

Au début, il a pensé qu'il se trompait. Tout en sachant pertinemment qu'il était impossible pour lui de confondre cette voix avec une autre. Aussi impossible que de voir un millier de clients entrer dans la librairie en même temps.

Le client a répété, plus distinctement cette fois, en s'adressant à mon oncle figé telle une statue :

— Satoru…

Il a pris une profonde inspiration, et il s'est retourné pour faire face à son visiteur.

La vue familière des rayonnages s'est instantanément transformée en arrière-plan flou, et seule cette silhouette, dressée au milieu, a capté son regard. Sa femme, disparue depuis cinq ans et dont il était sans nouvelles encore une minute plus tôt, se tenait devant lui. Il était incapable de détacher ses yeux d'elle. Il avait la sensation d'évoluer en plein rêve. Un rêve qu'il avait par ailleurs fait des centaines de fois. Pourtant, elle semblait trop réelle.

Elle était bien là. Identique à celle qu'elle était la dernière fois qu'il l'avait vue.

Après un silence interminable, elle a déclaré avec un sourire tranquille :

— Je suis rentrée.

Sur le même ton que si elle était de retour à la maison après une promenade. Le petit sac qui pendait à sa main était son unique bagage.

Mon oncle l'a dévisagée longuement, avant de répondre :

— Bienvenue chez toi.

Et sans ajouter un mot, avec le plus grand calme, elle a gravi l'escalier qui menait à mon ancienne chambre.

Depuis, elle a élu domicile à l'étage de la librairie Morisaki.

— Attends, attends, attends !

Je l'ai écouté sans broncher, mais ma patience venait d'atteindre ses limites.

— Comment ça, « Je suis rentrée », « Bienvenue chez toi » ?! Comment ça, « elle a élu domicile » ?! On parle d'un esprit qui hante les lieux là ou quoi ?

— Mais c'est la vérité, Takako, a-t-il répliqué avec sérieux.

— Je n'en doute pas, mais vous êtes trop bizarres, tous les deux. Pourquoi est-ce qu'elle a décidé de revenir tout à coup ? Et comment ça se fait que tu l'acceptes sans même te mettre en colère ?

— C'est ce qui est si étrange, a-t-il concédé, ému. Mais ça s'est fait naturellement.

J'en suis restée muette de consternation. Mon oncle était certes un original, mais cette fois, on pouvait dire que les deux avaient complètement perdu la tête.

— Mais tu ne lui as demandé aucune explication ? ai-je insisté.

— C'est un sujet un peu difficile à aborder, tu sais, a-t-il nonchalamment répondu.

— Enfin ! Tu n'as qu'à l'emmener chez toi, à Kunitachi, et tu lui poses toutes les questions qu'il faut.

— Elle préfère résider à l'étage, parce qu'elle ne se sent pas très bien dans cette maison. Takako, je n'y comprends rien aux femmes, moi. Pourquoi est-ce qu'elle est revenue, à ton avis ? a-t-il demandé d'une voix contrariée.

— Et comment je pourrais le savoir, hein ? ai-je répliqué, cinglante. C'est ta femme, c'est toi qui la connais le mieux.

— Je pensais la connaître, oui, mieux que personne. Mais je suis tellement perturbé par la situation que j'ai l'impression d'avancer dans le noir complet. Tu es une fille, donc tu es censée la comprendre mieux que moi, non ?

— On est peut-être du même sexe, mais on est différentes, toutes les deux. Tellement différentes que je me demande si on est bien deux créatures de la même espèce.

Mon oncle a gardé le silence quelques instants.

— Dis, Takako… tu crois que… tu crois qu'elle va encore partir ? a-t-il fini par bredouiller.

J'ai été bouleversée par la note de sincérité qui perçait dans sa voix. J'avais encore en tête l'image de sa silhouette triste, la nuit où, tandis qu'il titubait devant moi dans la rue, je lui avais posé des questions sur ma tante. De toute évidence, il était toujours amoureux d'elle. Et il en souffrait encore. Je ne voulais plus jamais le voir si désespéré.

— Tu veux qu'elle reste ?

— Je ne sais pas. Il y a encore quelques jours, je pensais que peu importe où elle se trouvait, tant qu'elle était heureuse, ça me suffisait. Mais, depuis qu'elle est revenue, j'ai commencé à voir les choses différemment… ça ne veut pas dire pour autant que je veux qu'elle soit malheureuse, mais… Ah ! Bon sang, est-ce que tu crois que je suis en train de laisser mon orgueil parler ?

Allons bon ! Nous n'allions arriver à rien ainsi.

— Et donc, qu'est-ce que tu voulais me demander ?

— Comment tu sais que je voulais te demander quelque chose ?

— C'est évident. Dois-je te rappeler combien de temps j'ai habité avec toi ?

— Il n'y a pas de nièce plus merveilleuse que toi dans ce monde. Je te revaudrai ça.

Je m'en doutais plus ou moins, mais il m'a demandé de percer à jour les véritables intentions de Momoko. Pourquoi avait-elle décidé de rentrer, et ce qu'elle comptait faire ensuite. Cinq ans plus tôt, Momoko était partie de la maison, et avait laissé pour toute explication un mot de deux lignes disant : « Je vais bien, ne me cherche pas. » Elle n'avait presque rien emporté. Mon oncle, qui n'avait rien vu venir à l'époque, se montrait désormais méfiant. Il avait peur de ce qui pourrait se passer.

Tiraillé entre des sentiments contradictoires, et après une longue hésitation, il n'avait pas essayé de la retrouver, comme le lui demandait le mot, et n'avait pas non plus signalé sa disparition à la police.

— On n'a pas eu d'enfants tous les deux, et elle t'aimait beaucoup, tu sais. C'est pour cette raison que je suis persuadé qu'elle se confiera à toi, a-t-il conclu. Je compte sur toi !

Et il a raccroché.

Elle « m'aimait beaucoup » ? Alors que nous ne nous étions presque jamais parlé ? J'avais des doutes. Et j'étais réticente à l'idée de me mêler d'une histoire de couple qui ne me concernait en rien. Mais je n'ai pas pu lui refuser ce service, pas après avoir entendu cette douleur dans sa voix. Et puis, il m'avait sauvée, lui aussi.

—Allons à l'intérieur. On a plein de choses à se raconter, tous les trois.

Nous sommes entrés dans la librairie, incités à le faire par Momoko. Cela faisait deux mois que je n'avais pas franchi cette porte.

Le magasin était comme toujours surchargé, et le plancher en bois grinçait à chacun de nos pas. La poussière dansait dans la douce lumière de fin d'après-midi qui filtrait à travers la fenêtre. J'ai pris une profonde bouffée de l'air de la boutique.

Je me suis rappelé les mots que j'avais lâchés, le visage froissé en une grimace, la première fois que j'avais posé les pieds ici, et le rire de mon oncle en les entendant. Cette odeur caractéristique de moisi qui imprégnait le papier ancien m'inspirait aujourd'hui un amour irrésistible.

Assis côte à côte devant le comptoir, nous avons dégusté les gâteaux *taiyaki* que j'avais achetés en chemin. Deux clients sont entrés pendant que nous mangions, et ont eu l'air perplexes en nous voyant ainsi serrés comme des sardines, mais ils ont chacun acheté un livre et sont aussitôt partis.

Momoko s'occupait des clients à la place de mon oncle. Elle connaissait parfaitement le métier, après tout, elle avait été l'épouse d'un bouquiniste durant de nombreuses années.

Momoko faisait la conversation à elle toute seule. La façon dont elle parlait me faisait penser à un avion dont on aurait perdu le contrôle. Il n'y avait ni début ni fin. C'était complètement décousu.

« Ah bon, tu as vécu ici, Takako ? Comme moi maintenant ! Et cette clim qui n'en fait qu'à sa tête, tu as dû mourir de chaud en plein été. Il y a de la pâte de haricot rouge à ne plus savoir qu'en faire dans ces gâteaux ! Tu les as achetés où ? Le quartier a bien changé. Il y a plus de boutiques chics qu'avant. "Chics", non, mais vous m'entendez ? On dirait une vieille peau qui parle ! »

Elle passait du coq à l'âne et, pour une obscure raison, pinçait de temps à autre les joues de mon oncle tout en babillant, allant jusqu'à y imprimer des traces rouges.

— Pourquoi est-ce que tu lui pinces les joues depuis tout à l'heure ? n'ai-je pu m'empêcher d'intervenir, intriguée par son geste étrange.

— Ah bon ? Je fais ça ? a-t-elle répondu, les yeux ronds.

— Oui !

— Oh, c'est une vieille manie. Pincer les joues. Je pince les joues de ceux que j'aime, sans forcément m'en rendre compte. C'est une sorte de preuve d'amour, je suppose. Mais regarde sa tête, regarde comme il est mignon ! Tu ne trouves pas ?

En disant cela, Momoko a vigoureusement attrapé les joues de mon oncle avant de les remuer de haut en bas et de gauche à droite, comme un gage qu'un enfant ferait subir à un autre pour avoir perdu à un jeu. Mon oncle avait l'air plus pathétique que mignon.

— Arrête ça ! a-t-il plaintivement crié.

Mais il devait être habitué, car sa voix était teintée de résignation. Momoko a éclaté de rire avant de se décider à le libérer. Peut-être était-elle sadique, même si rien dans son apparence ne le laissait croire.

— Ne fais pas ça devant Takako, c'est embarrassant.

— Mais non, voyons, il n'y a rien de gênant ! C'est notre nièce, pas une inconnue.

— Tu sapes mon autorité.

— Tu n'en as jamais eu, a-t-elle répliqué du tac au tac.

Si je me rapprochais d'elle, allais-je moi aussi me faire pincer les joues ? me suis-je demandé, un peu affolée, en les regardant se taquiner.

Momoko a de nouveau subitement changé de sujet. Elle m'a saisi les mains, et m'a dit, la mine grave :

— Je suis contente de te revoir. Il m'arrivait de penser à toi. Je me demandais ce que ma mignonne petite nièce faisait de sa vie. Tu étais si calme, si posée quand tu étais lycéenne, une douce et jolie demoiselle. J'adorais tes nattes.

— Ah bon ? C'est comme ça que tu me voyais ? Ce n'était pas du tout le cas, pourtant.

J'étais stupéfaite, car j'étais alors en pleine puberté, en proie aux tourments permanents, ployant sous le poids de mon agacement, que je n'arrivais ni à réprimer ni à exprimer. Jamais je n'avais imaginé donner une telle impression. Si je me montrais si calme durant les réunions de famille, c'était tout simplement pour éviter d'attirer l'attention sur moi.

Il ne faut pas toujours se fier aux apparences, ai-je vaguement songé en voyant Momoko me regarder avec des étoiles plein les yeux. La preuve, il y a tellement de choses que j'avais mal interprétées au sujet de l'oncle Satoru… En fin de compte, on a beau être liés par le sang, passer des années dans la même classe ou sur le même lieu de travail, on ne connaît jamais vraiment l'autre, à moins de s'intéresser véritablement à lui. Ce qui m'a de nouveau incitée à réfléchir à mon histoire avec Hideaki. Pas de doute, j'étais en partie responsable.

— Je dois avouer que tu es très différente de l'image que j'avais de toi aussi, Momoko, ai-je riposté, avec une pointe de sarcasme.

Ma remarque n'a pas eu l'effet escompté, puisqu'elle a ri à gorge déployée, pas le moins du monde vexée.

— Évidemment ! Je ne montrais qu'une façade, pendant les réunions de famille. Ils étaient tous tellement guindés… Mon beau-père avait toujours cette même expression sur le visage, on aurait dit qu'il portait un masque de théâtre nô. Je n'étais pas très à l'aise. Tu comprends, nous nous sommes mariés très vite, et l'atmosphère était toujours tendue en notre présence, va savoir pourquoi. Je restais donc dans mon coin en me faisant la plus petite possible.

—Mais tu as quand même choisi de l'épouser.

—Parce que, à l'époque, vivre ensemble en concubinage était encore mal vu. On s'est rencontrés à Paris, on est tombés amoureux, et nous nous sommes mariés dès notre retour au Japon. On pourrait dire qu'on a continué sur notre lancée.

—Pa… Paris ? me suis-je exclamée. Pourquoi Paris ?

—Oh, tu ne le savais pas ? Je séjournais là-bas pour une certaine raison, et j'ai croisé par hasard ce type ici présent sur un marché du livre d'occasion. Lui voyageait avec très peu de ressources. Tu imagines ça ? Son père était à la tête d'une librairie de livres d'occasion, mais même en voyage, il trouvait le moyen de courir les bouquinistes. On aurait dit un mendiant, avec sa grosse barbe et ses vêtements quasiment en loques.

—C'est une petite astuce, pour ne pas être la cible des pickpockets et des voleurs, est intervenu mon oncle sur le côté.

Mais Momoko ne l'écoutait pas.

—Nous avons discuté, et je l'ai trouvé intéressant, a-t-elle poursuivi. Mais il avait l'air sombre et un peu perdu, et je n'avais pas envie de le laisser seul. Alors je me suis dit que je pourrais peut-être faire un bout de chemin avec lui.

— Waouh !

Sans m'en rendre compte, je me suis laissé happer par le récit de Momoko. Ils s'étaient donc rencontrés alors que mon oncle parcourait le monde, avec le poids de ses problèmes sur les épaules. À Paris, la ville romantique par excellence. Ce qui m'intriguait le plus, c'était pourquoi elle se trouvait là-bas. Lorsque je le lui ai demandé, elle a éludé ma question en répondant vaguement qu'elle était jeune.

Décidément, Momoko était une femme pleine de mystères.

— Bref, on a lié connaissance, on est rentrés au Japon, on s'est mariés, et tout le monde nous regardait de travers. Lorsque son père est tombé malade et que Satoru a décidé de reprendre l'affaire, on a travaillé vraiment dur tous les deux, pour essayer de les faire changer d'avis sur nous.

— Je n'ai pas agi pour chercher à me faire bien voir des autres, a protesté mon oncle.

— Menteur ! Tu nourrissais pas mal de ressentiment envers ton père. Je m'en rendais bien compte.

Il s'est tassé sur lui-même sans un mot. De toute évidence, il n'avait pas l'air de pouvoir rivaliser avec elle. C'était la première fois que je voyais mon oncle se comporter de cette manière, et c'était si drôle que j'ai bien failli éclater de rire plus d'une fois.

De l'extérieur, ils semblaient former un couple très uni. Je me suis même surprise à envier leur relation. Cette intimité entre eux, qui pouvait être définie par les termes « camarades » ou « amis de longue date » plutôt que « mari et femme », avait le pouvoir de mettre à l'aise ceux qui les observaient.

— Bon, je retourne bosser, a grommelé mon oncle un peu plus tard, simple prétexte pour quitter notre cercle.

Momoko m'a presque traînée jusqu'à la chambre à l'étage. Elle s'est soudain approchée de moi, comme si elle allait me révéler un secret.

— On va devenir bonnes amies, toi et moi, a-t-elle annoncé en me prenant les mains, les yeux rivés sur mon visage.

Ses doigts étaient petits, aussi fragiles que ceux d'un enfant.

— Ou… oui…

— Je suis jalouse que tu t'entendes si bien avec Satoru. Et je veux qu'on soit complices toutes les deux, d'accord ?

— D'accord…, ai-je acquiescé, tout en songeant quelle adversaire redoutable elle faisait.

La nuit étant déjà bien installée, j'ai précipité les au revoir, et j'ai quitté Momoko qui cherchait à me retenir.

J'ai flâné sur le chemin de la gare. L'air était vif, et je commençais à avoir un peu froid. Mon ombre s'étirait sur le sol à la lumière des lampadaires.

Quand je suis arrivée à hauteur du café Subouru, c'est tout naturellement que mes pas se sont arrêtés. Par un étrange réflexe conditionné, à l'image d'un chien de Pavlov, la simple vue des lueurs orangées du café qui baignaient la rue déserte m'a donné envie d'une tasse de café. J'ai regardé l'heure. Vingt heures passées. J'ai poussé la porte, comme aspirée par le lieu.

Le café était très fréquenté, comme tous les soirs. La rumeur joyeuse des conversations, mêlée au doux morceau de piano en fond, est venue m'envelopper tandis que je me tenais devant l'entrée.

J'ai aperçu une silhouette familière au comptoir. Ce dos trapu et ce crâne lisse, ce ne pouvait être que Sabu. Il était plongé dans une discussion avec le patron. Remarquant ma présence, il m'a invitée à venir m'asseoir à côté de lui avec de grands signes de la main.

— Takako ! Ça faisait un moment qu'on ne t'avait plus vue, m'a dit le patron avec son sourire habituel pendant que je m'installais.

Alors que je pensais lui avoir rendu son sourire, Sabu s'est exclamé, pour me taquiner :

— Allons, Takako, tu devrais te montrer un peu plus aimable. Pas étonnant qu'aucun homme ne te coure après.

— Occupe-toi de tes oignons.

Il s'est esclaffé, amusé par cette petite pique.

— Tu tombes bien. On était justement en train de parler de Momoko. Elle est réapparue, à ce qu'on raconte ? Pourquoi Satoru ne m'a rien dit ? Pourquoi est-ce qu'il me tient à l'écart comme ça ?

Sa voix transpirait la curiosité.

— Sabu, tu devrais arrêter de fourrer ton nez dans les affaires des autres, a protesté le patron.

— Et pourquoi ça ? Tu es gonflé quand même, c'est toi qui m'as dit que Momoko était de retour ! a bougonné Sabu.

Une moue boudeuse, lorsqu'elle était affichée par un homme qui n'était plus tout jeune, n'avait rien de mignon. La personne que j'aurais aimé voir, moi, c'était l'adorable Tomo qui, une fois son master en poche, avait à mon grand regret quitté son job dans ce café pour un vrai travail. D'après mes sources, Takano et elle étaient toujours « amis ».

Le patron a déposé un café devant moi.

— Elle est venue ici hier soir, ce n'était qu'une remarque comme ça, en passant, s'est-il justifié en essayant de prendre un air contrit, sans toutefois réussir à masquer la lueur d'intérêt dans son regard.

— Vous la connaissez, tous les deux ?

— Bien sûr. Depuis combien d'années tu crois que je fréquente le quartier ? a lancé Sabu en se rengorgeant comme un paon.

— M. Morisaki est marié ? Je n'aurais jamais pensé ça de lui, est intervenu Takano.

Un torchon et une assiette à la main, Takano, qui avait émergé des cuisines depuis Dieu sait quand, semblait lui aussi piqué par la curiosité.

— Comment tu aurais pu le savoir ? C'est vrai qu'il a plutôt l'air d'un veuf qu'autre chose. Mais, quand ils étaient jeunes, ils n'arrêtaient pas de roucouler en public tous les deux, hein, patron ?

— En effet. N'empêche, elle est toujours aussi belle. Elle m'a paru en forme, et elle m'a même dit qu'elle était contente d'avoir pu regoûter à mon café.

— Ah ! Tu t'es laissé embobiner. La flatterie te perdra. Elle disparaît pendant des années et décide de refaire soudain surface ? Non, mais laissez-moi rire ! Voilà ce que j'en dis, moi : Satoru aurait dû la flanquer à la porte. Si ma femme me faisait un coup pareil, ça ne se passerait pas comme ça, vous pouvez me croire !

Sabu, qui s'était excité tout seul en parlant, avait le visage aussi rouge qu'un poivron.

— Quel homme, ce Sabu ! Mais dis-moi, ce n'est pas toi qui t'accroches à ta femme en pleurant chaque fois qu'elle essaie de se débarrasser de tes bouquins ? a répliqué le patron.

Takano et moi avons pouffé en chœur.

— Oh, la ferme, patron. Et toi, qu'est-ce qui te fait rire ? Tu n'as pas du travail qui t'attend ?

— Désolé, désolé.

Takano, sur qui Sabu venait de jeter une serviette, est parti se réfugier dans les cuisines.

— Arrête de maltraiter mes employés. Défoule-toi sur quelqu'un d'autre, a soupiré le patron.

— C'est toi qui les maltraites, d'habitude.

— C'est de l'amour, de l'amour ! Et toi, ce que tu éprouves envers ta femme, ça s'appelle de la peur.

— Tu as toujours été un sale type, d'aussi loin que je m'en souvienne. Je suis en colère. Vraiment. Et puis, tiens, je vais aller dire ses quatre vérités à Momoko, puisque Satoru ne le fait pas. Cet idiot n'y trouvera rien à redire, j'en suis sûr.

— Tout doux, tout doux. Ça ne te regarde pas, a déclaré le patron dans une tentative d'apaisement.

C'était pourtant lui qui avait mis le feu aux poudres.

Quel spectacle ! Le quartier compte son lot d'énergumènes, ai-je songé avec un sourire.

— Cesse donc de rigoler toute seule, a aussitôt pesté Sabu. C'est vraiment désagréable.

Cette soirée à Subouru me réservait d'autres surprises.

Après 21 heures, et puisque notre Sabu, passablement agité, avait fini par déserter le comptoir (probablement que sa femme risquait de lui tirer les oreilles s'il ne rentrait pas avant une certaine heure à la maison), j'ai décidé de m'installer à une table.

Il ne restait plus que quelques clients. J'ai commandé un autre café et j'ai repêché le livre dont j'avais entamé la lecture dans mon sac. C'est à cet instant que je l'ai remarqué. Le type, assis à la table à côté de la vitrine. Son visage m'était familier.

L'homme, proche de la trentaine, vêtu d'une chemise bleu clair et d'un pantalon gris, arborait une coupe de cheveux nette et très courte. Plutôt discret, il dégageait une impression de propreté qui inspirait immédiatement la sympathie. Il regardait distraitement dehors, un livre ouvert devant lui, semblant attendre quelqu'un.

Alors que je le dévisageais, me demandant d'où je pouvais bien le connaître, il s'est tourné vers moi. Peut-être avait-il senti le poids de mon regard peser sur lui.

En me voyant, il a lui aussi semblé me reconnaître. Ses yeux sont passés de ma figure au livre que je tenais à la main, puis il a hoché le menton, comme si tout était clair.

— Salut.

Quand j'ai entendu sa voix calme, mes souvenirs sont enfin revenus. Rien de bien précis, sinon qu'il s'agissait d'un client de la librairie, que j'avais plusieurs fois servi. Il y avait tant d'habitués à la forte personnalité, Sabu en tête, qui franchissaient la porte de la boutique que les clients réservés ne nous laissaient pas forcément une forte impression. Voilà pourquoi j'avais eu tant de mal à le resituer. Je l'ai salué d'un signe de tête poli, à présent gênée de l'avoir scruté sans retenue.

— Bonsoir. Comment allez-vous ? ai-je répondu à toute vitesse.

— Je ne demande pas tant de formalités, a-t-il remarqué, les yeux plissés en un sourire.

Un sourire agréable, rassurant.

C'est ce moment qu'a choisi la serveuse pour se présenter devant ma table, un café sur son plateau. Lorsqu'elle s'est rendu compte qu'elle venait de s'interposer entre nous deux, elle s'est troublée, paraissant ne plus savoir quoi faire. Je me suis sentie embarrassée à mon tour.

— Vous voulez venir vous asseoir avec moi ? m'a alors timidement proposé l'homme.

— Vous n'attendez personne ? ai-je demandé, indécise.

— Pas vraiment, non.

— Je vous installe ici alors, a tranché la serveuse qui avait retrouvé son air confiant, en déposant ma boisson sur sa table.

C'est donc à la suite d'un concours de circonstances que je me suis retrouvée « installée » en face de lui.

Ce que je pouvais être impressionnable… Il ne m'avait sûrement invitée à le rejoindre que par politesse, et ne devait pas particulièrement avoir envie de discuter avec moi. J'étais en train de gâcher ce qui aurait dû être pour lui un moment de tranquillité. Je me suis sentie désolée à cette pensée.

Lorsque je me suis assise, la serveuse s'est légèrement inclinée devant nous, en nous disant de prendre notre temps, puis elle s'est éloignée de notre table. Nous l'avons suivie des yeux, avant de nous faire à nouveau face.

Silence.

C'était vraiment très gênant. Alors que je m'agitais, mal à l'aise, il a laissé échapper un petit rire grave.

— Je suis désolé, s'est-il excusé en voyant ma surprise, je me disais juste qu'on se croirait au milieu d'un rendez-vous arrangé.

J'ai pouffé à mon tour, contaminée par son hilarité.

Il a toussoté et a remarqué que nous ne nous étions jamais officiellement présentés. Il s'appelait Akira Wada, travaillait dans une maison d'édition non loin d'ici, principalement spécialisée en manuels scolaires et matériel éducatif.

Lorsque je lui ai dit mon prénom, il s'est exclamé :

— Oui, oui, Takako, bien sûr. Je m'en souviens à présent. « Takako ! Takako ! » Le propriétaire, toujours souriant, soit dit en passant, n'arrêtait pas de crier votre prénom.

— C'est mon oncle, ai-je avoué en rougissant.

— Votre « oncle » ? C'est une chance d'avoir un parent à la tête d'une librairie, a-t-il marmonné, semblant réellement envieux. Mais je ne vous y vois plus ?

— Non. J'ai vécu à la librairie quelques mois, pour certaines raisons. Le temps, disons, de recharger mes batteries.

— Recharger vos « batteries » ? Dans cette librairie ?

— Exact.

— C'est bien ça, de recharger ses batteries. Au milieu des vieux livres en plus, on ne peut pas rêver mieux. Vous êtes vraiment une petite veinarde.

Puis il a murmuré comme pour lui-même qu'à ma place il ne serait jamais parti, qu'il aurait continué de recharger ses batteries là-bas pour toujours.

De toute évidence, l'idée de vivre dans une librairie avait allumé une étincelle dans son cœur. Je décelais en lui une espièglerie insoupçonnée.

— Oh, et votre petite amie ? Comment va-t-elle ? Je vous ai souvent vus ensemble, ai-je demandé.

Même s'il venait seul la plupart du temps, je l'avais parfois vu arriver accompagné d'une femme. Une femme élancée, qui lui correspondait à merveille, car lui aussi était plutôt de haute taille. Les livres ne semblant pas l'intéresser, elle se contentait de rester à côté de lui avec l'air de s'ennuyer, tandis qu'il examinait chaque ouvrage avec le plus grand sérieux.

« Pas encore fini ? » lançait-elle par instants, probablement fatiguée d'attendre. Et lui répondait en s'excusant qu'il avait encore besoin de quelques minutes supplémentaires. Selon Sabu, venir en couple à la librairie était tout bonnement inconcevable. Pourtant, j'avais suivi leurs échanges avec un sourire, comprenant qu'ils révélaient l'intimité qui les unissait.

— Ah oui, c'est vrai. C'était comme ça, à l'époque.

Il a soudain baissé la voix :

— Elle m'a largué, à ce qu'il paraît, a-t-il annoncé avec un rire éteint, les yeux perdus dans le lointain.

—Je suis vraiment désolée, me suis-je aussitôt excusée, avec l'envie de me jeter à genoux devant lui pour lui demander pardon.

—Non, non, ça ne fait rien, a-t-il dit, le regard toujours un peu distant.

Je me sentais décontenancée d'avoir ainsi marché sur une mine dès les premières minutes de notre discussion. Alors que je cherchais désespérément un autre sujet de conversation, le livre posé devant lui a attiré mon attention.

Vous lisez quoi en ce moment ?

—Un bouquin qui s'appelle *À mi-pente*. Je crois même l'avoir trouvé dans le rayon « Tout à 100 yens » de la librairie Morisaki.

Il a attrapé le livre pour me le montrer. J'étais soulagée d'avoir réussi à changer de sujet.

—Je n'en ai jamais entendu parler. Il est bien ?

—Bonne question… C'est une histoire d'amour tragique, la seule et unique œuvre d'un auteur qui n'a jamais percé. J'ai trouvé le style assez pauvre et, comment dire, c'est comme s'il manquait de souffle. Mais certaines parties m'ont marqué, ce qui fait que c'est la cinquième fois que je le relis.

Il fixait la couverture ornée d'une reproduction d'une peinture à l'huile, représentant un chemin en pente. Il la couvait du regard, comme s'il contemplait quelque chose de cher à son cœur. La tendresse qui illuminait ses yeux m'a donné envie de le lire.

— « Cinq fois » ? Je vais peut-être me laisser tenter alors.

— Hum, je ne vous le conseille pas forcément. Vous lisez quoi, vous ?

J'ai ressorti le livre de mon sac.

— Inagaki Taruho ? Pas mal du tout ! s'est-il extasié, les yeux pétillants.

Puisqu'il venait souvent à la librairie, il devait être meilleur connaisseur que moi.

— Je bossais là-bas, mais vous savez, je n'y connais pas grand-chose en littérature. J'ai l'impression que je viens à peine de franchir la porte de ce monde.

Il a penché la tête.

— S'y connaître ou non, ce n'est pas ça le plus important. Si on part sur ce chemin-là, alors moi aussi je pourrais dire que je n'y connais pas grand-chose. Non, le plus important, c'est de rencontrer un livre qui va vous prendre aux tripes.

— Vous croyez ? Ça ressemble beaucoup au discours de mon oncle.

— Je me souviens de vous, derrière le comptoir, le nez plongé dans un bouquin. Et chaque fois je me demandais, intrigué, ce que vous étiez en train de lire.

— Ah bon ? Je suis désolée, on ne peut pas dire que j'étais une employée modèle…

— Non, ce n'est pas pour obtenir des excuses que je vous ai dit ça.

Il m'a fixée, semblant chercher à arracher un souvenir de sa mémoire.

— Vous étiez si bien intégrée dans le décor du magasin que, lorsque je vous regardais, je n'avais pas envie de vous déranger, ou même de vous déplacer, ne serait-ce que de quelques centimètres. C'était comme retenir son souffle pour observer une chrysalide se transformer en papillon. J'en garde une impression très forte. Alors, quand je vous ai vue avec ce livre à la main, je vous ai immédiatement reconnue. Ah, la jeune femme de la librairie !

C'était déroutant d'apprendre qu'un inconnu l'avait ainsi observée. Mais la comparaison était bonne : durant ces quelques mois, j'étais pareille à une chrysalide qui attendait de se transformer en papillon. Je continuais de tourner les pages, guettant l'occasion de m'envoler. Ce qu'il avait pu ressentir en me regardant n'était pas si éloigné de la réalité. Et, même si j'avais pris mon envol, je n'étais pas encore tout à fait certaine de savoir bien voler.

— Si je n'avais pas accepté d'aller vivre là-bas, je pense que j'aurais végété dans cet état de torpeur jusqu'à la fin de mes jours. Les livres ont joué un rôle essentiel dans ma transformation bien sûr, mais j'y ai aussi rencontré tellement de personnes, appris tellement de choses… j'ai enfin commencé à apercevoir ce qui était important dans la vie. Voilà pourquoi mon séjour à la librairie Morisaki restera à jamais gravé dans mon cœur.

C'était la première fois que je mettais des mots sur ce sentiment qui m'habitait, et pourtant, ils coulaient de ma bouche avec une facilité déconcertante.

Akira m'écoutait d'une oreille attentive et hochait la tête pour signifier qu'il comprenait.

— Eh bien, eh bien... je n'avais pas conscience qu'un tel drame se jouait en arrière-plan.

Il l'avait dit avec sérieux, mais le vocabulaire qu'il avait choisi pour le faire était curieusement drôle.

La vie est étrange, parfois. J'avais l'impression que j'aurais pu lui parler des heures durant, comme à un vieil ami. Il m'écoutait avec intérêt, sortait quelques bons mots qui avaient le don de me faire rire.

Nous avons discuté longuement. J'ai découvert, en jetant un coup d'œil à l'horloge accrochée au mur, qu'il était presque 23 heures.

— Le café va bientôt fermer ! me suis-je écriée.

— Ah bon ? a-t-il répondu, l'air tout aussi surpris que moi.

Akira, qui habitait le quartier, m'a dit qu'il allait rester jusqu'à la fermeture. J'ai donc décidé de partir avant lui.

— Je passe beaucoup de temps ici, le soir. Si ça vous tente, on pourrait à nouveau se retrouver autour d'un café, a-t-il proposé avec un sourire au moment de nous quitter.

Alors que je réglais l'addition à l'entrée, j'ai senti que le patron me lançait des coups d'œil insistants depuis son poste derrière le comptoir. Devinant ses pensées, je lui ai renvoyé une œillade assassine.

— Beaucoup de travail, beaucoup de travail, a-t-il marmonné, comme s'il se parlait à lui-même, avant de s'éloigner vers le fond.

Une fois à l'extérieur, j'ai vu Akira contempler la rue à travers la vitrine, le menton posé dans la main. J'ai songé à lui adresser un signe discret, croyant qu'il me regardait, mais il n'avait pas l'air de m'avoir remarquée. J'ai repris le chemin de la gare. Je me sentais si légère ! On aurait dit que mes pieds ne touchaient plus terre.

— C'est bizarre, ai-je dit à voix haute sans y penser.

Une lune pas tout à fait pleine, légèrement écornée du côté gauche, flottait au-dessus de ma tête.

— On va se faire un petit voyage à deux ! s'est tout à coup exclamée Momoko, deux semaines plus tard environ. Je connais un endroit merveilleux à Okutama.

J'ai acquiescé, légèrement contrariée.

— Il y a une grande montagne, avec un sanctuaire très ancien au sommet. La vue est splendide, l'air est pur, le top du top, quoi ! On pourrait passer la nuit dans une de ces auberges qui ont du cachet, histoire de se détendre un peu. Alors ? Un petit voyage entre filles, ça te dit ?

Je me suis imaginé voyager seule avec elle, et l'idée avait de quoi inquiéter. J'ai d'abord cru qu'elle allait me presser d'accepter. Mais elle s'est contentée d'attendre patiemment, les yeux remplis d'espoir, en serrant mes mains entre les siennes.

Au cours des deux semaines qui venaient de s'écouler entre nos retrouvailles et cette invitation, j'étais souvent venue à la librairie. Notamment, bien sûr, pour « prendre la température », comme me l'avait demandé mon oncle. Je passais le soir après le travail, et si je croisais mon oncle en bas, ma tante, elle, était toujours réfugiée dans sa chambre.

Momoko avait l'air ravie de me voir et m'accueillait chaque fois avec un petit plat fait maison. Elle n'avait apparemment aucun mal à utiliser la kitchenette, que je trouvais trop étroite pour avoir envie d'y cuisiner lorsque je vivais moi-même à l'étage. Poêlée d'algues *hijiki*, sauté de bœuf et tofu, chinchard d'abord frit puis mariné, ragoût de poulpe et radis daikon, maquereau grillé au sel, soupe miso aux feuilles de radis daikon, navet et tofu frit… cette cuisine de « maman » m'avait manqué, et, au bout d'un moment, j'ai commencé à lui rendre visite presque uniquement pour ces recettes qu'elle me mitonnait. Lorsque je l'appelais du bureau à l'heure du déjeuner, elle me demandait, telle une jeune épouse dévouée, ce qui me ferait plaisir au dîner. Et je ne me gênais pas pour lui réclamer mes plats préférés.

Au début, Momoko insistait pour m'inviter, puis ç'a été à mon tour d'insister pour partager les frais et payer la moitié de la note pour les ingrédients. Proposition qu'elle a fini par accepter.

— Tout ce que tu fais est délicieux, l'ai-je complimentée en enfournant de grosses bouchées des plats présentés sur la table basse.

— C'est un vrai régal de te regarder dévorer, a-t-elle répondu, alors qu'elle mangeait deux fois plus que moi.

Où trouvait-elle la place pour stocker autant de nourriture dans un si petit corps ?

— Parce que c'est tellement bon ! me suis-je exclamée en faisant craquer sous mes dents une rondelle de radis mariné.

— Tu ne cuisines jamais, Takako ?

— Ça m'arrive de temps en temps. Des pâtes, ce genre de trucs, pas plus.

— Mais... et si tu trouves un amoureux ? C'est embêtant si tu ne sais pas cuisiner.

— Ah, tu crois ?

Il est vrai que je n'avais aucune expérience en matière de petits plats concoctés pour l'élu de son cœur... J'ai toujours eu tendance à éviter ce rituel un peu trop embarrassant à mon goût. Mais, avant tout, je n'avais pas non plus beaucoup d'expérience en amour.

— Les hommes sont si simples. Tu peux les faire tomber à tes pieds rien qu'en cuisinant !

Momoko a éclaté de rire, puis elle m'a dit qu'elle allait m'apprendre. Pour ma part, je les trouvais tout sauf simples, les hommes. Et là, c'était moi qui avais fini par succomber à sa cuisine.

Je n'avais pas complètement oublié le service que mon oncle m'avait demandé de lui rendre, et je profitais de nos dîners pour tenter de lui tirer les vers du nez. Mais elle avait l'art et la manière d'esquiver les questions. « Eh bien, je me le demande... », répondait-elle souvent lorsque j'essayais de l'interroger sérieusement, me glissant entre les doigts comme une anguille. Avec Momoko, plus la discussion durait longtemps, plus elle partait dans tous les sens… et nous finissions inévitablement par dévier du sujet. Et lorsque les plats apparaissaient sur la table, je ne voyais plus rien d'autre, oubliant même de lui poser des questions. Une situation qui se répétait à chacune de nos rencontres : je n'avançais pas.

J'ai malgré tout pu glaner quelques renseignements la concernant. L'alcool ayant tendance à lui délier la langue, je lui ai plusieurs fois proposé de lever nos verres ensemble. Elle m'a notamment raconté qu'elle avait perdu ses parents très tôt ; qu'elle avait été élevée par sa tante et son mari qui habitaient Niigata ; qu'elle avait commencé à travailler dans une petite usine dès la fin du collège ; qu'elle avait débarqué seule à Tokyo à l'âge de vingt et un ans, où elle était tombée amoureuse d'un photographe prometteur (mais l'était-il vraiment ?).

Si elle avait vécu à Paris, c'était parce qu'elle avait suivi son photographe qui devait y séjourner pour son travail. En revanche, elle avait pris cette décision seule, sans lui demander son avis, faisant preuve d'une audace qui lui ressemblait bien.

— J'étais jeune. Je n'étais encore qu'une gamine qui ne connaissait rien à la vie. Je n'avais que lui en tête. J'ai appris un peu plus tard qu'il avait une femme et un enfant au Japon, et ça a été la fin de notre idylle. Parce que si pour avoir la famille que j'avais tant désirée, il fallait en détruire une autre, tu comprends…, m'a-t-elle confié, les yeux perdus dans le vague.

C'est par hasard que Momoko, brisée par cet amour sans avenir, avait rencontré Satoru. Si, au début, elle était restée avec lui pour ne pas le laisser tout seul, elle avait fini par tomber amoureuse sans même s'en rendre compte.

—Je ne savais pas tout ça! me suis-je exclamée, impressionnée par l'histoire qui était la leur.

—Il est jaloux de mon passé. Alors il n'aime pas trop en parler, a-t-elle expliqué avec un haussement d'épaules.

Pourtant, Momoko avait deviné la raison secrète qui me poussait à lui rendre visite.

Un soir, alors que nos dîners en tête à tête étaient devenus une habitude, elle a déclaré avec un sourire taquin, tout en sirotant son saké :

—C'est Satoru qui te demande de venir, non ?

—Hein ? De quoi tu parles ?

Intérieurement paniquée, j'ai cru pouvoir m'en sortir en déployant mon jeu d'actrice ratée. En vain. Elle m'a pincé les joues, une expression radieuse sur le visage.

—Je le connais, je sais ce qu'il pense. Et toi, Takako, je crois qu'en réalité tu ne m'apprécies pas tant que ça.

Mon cœur battait à tout rompre tandis qu'elle tirait sur la peau de mes joues. Cette femme pouvait lire en moi comme dans un livre ouvert. Effectivement, dans un coin de mon esprit, je reconnaissais que j'avais du mal avec elle. Ce n'était pas que je la détestais, mais si l'on m'avait demandé si je l'aimais, je n'aurais pas su quelle réponse donner. En revanche, si la question concernait sa cuisine, c'était un grand « oui », sans hésiter.

En vérité, je n'arrivais pas à la comprendre. Mon oncle aussi avait une personnalité difficile à cerner, mais pour elle, c'était différent. Nous avions beau passer des heures à discuter, j'avais le sentiment que la distance entre nous ne se réduisait jamais. Une distance qui me paraissait parfois infranchissable, comme si nous parlions au bord d'une rivière en nous tenant chacune sur une rive.

Alors que je cherchais quoi répondre, Momoko a éclaté d'un rire spectaculaire.

— Ça ne fait rien. Moi, je t'aime. Et je trouve adorable ton honnêteté, qui te rend incapable de dire le moindre mensonge. J'aimerais avoir une âme aussi belle que la tienne.

— Je n'ai pas une belle âme, ai-je marmonné, vexée, croyant qu'elle se moquait de moi.

— Je t'assure que si, a-t-elle insisté, soudain immensément triste.

Elle a gardé la tête baissée quelques secondes. L'expression, fugace, qui a traversé ses traits ne m'a pas échappé. Pour la première fois, j'ai eu l'impression d'avoir effleuré son cœur. Même si cela n'avait duré qu'un bref instant.

Aussitôt, son visage s'est illuminé et, changeant complètement de sujet comme elle en avait l'habitude, elle m'a proposé de faire un petit voyage à deux.

— Il est encore un peu tôt, a-t-elle enchaîné, pour admirer les feuillages d'automne, mais comme il n'y aura pas grand monde, on sera plus tranquilles, est-ce que tu as beaucoup de travail en ce moment ?

— Ils sont plutôt arrangeants, dans mon entreprise…

— Alors, c'est oui ?

— Eh bien…

Si, dans un premier temps, j'ai songé à décliner son offre, j'ai fini par accepter d'un signe de tête, intriguée par l'expression qui s'était dessinée sur ses traits quelques minutes plus tôt. J'avais lu quelque chose dans ses yeux, une ombre, difficile à expliquer. De l'ordre du malaise, bien que différent. Pas aussi intense. Quelque chose que les mots ne pouvaient décrire, comme un signe, que je ne devais pas négliger.

J'avais eu l'occasion de revoir Akira à deux reprises avant cette proposition de voyage. Les deux fois, je l'avais trouvé au café Subouru, où j'avais décidé de faire une halte après l'un de mes dîners avec Momoko. Il ne m'avait pas menti, quand il m'avait dit qu'il venait souvent. Il était assis à la table à côté de la vitrine, la même que lors de notre premier tête-à-tête, et contemplait la rue dans une position que je lui avais déjà vue, le menton calé dans la paume de sa main.

Est-ce que j'avais envie de le voir ? Moi-même, je n'avais pas la réponse à cette question. Et si je m'arrêtais au café, ce n'était pas dans l'espoir de le rencontrer. Du moins, c'est ce que je pensais. Pourtant, lorsque j'apercevais sa silhouette de dos une fois la porte franchie, je ne pouvais retenir un petit cri, un « Ah ! » presque inaudible.

Quand je le saluais, il sursautait légèrement, comme si je venais de le tirer d'un rêve. Il me fixait alors pendant cinq bonnes secondes, semblant vérifier un détail, puis il répondait à mon bonsoir avec un sourire.

Il m'a chaque fois proposé de m'asseoir avec lui, et chaque fois je me suis installée sur la chaise en face de la sienne. Et nous discutions. Oh, rien que des bavardages sans grand intérêt, mais curieusement, parler avec lui m'apportait un certain apaisement. Une fois seulement, nous avons quitté le café ensemble avant l'heure de la fermeture, et nous avons fait une petite promenade jusqu'au palais impérial. Puis nous nous sommes séparés, en nous disant « À bientôt », alors même que nous n'avions pas échangé nos numéros et que nous n'avions aucune garantie de nous revoir.

La fois d'après, un soir où j'avais résolu de faire un petit saut au café, je ne l'y ai pas trouvé. Même si je ne m'y arrêtais pas dans l'espoir de le rencontrer, je me suis sentie un peu vide, comme déçue. Je me suis raisonnée en me disant que ça serait bizarre, s'il était tout le temps là.

Je me suis donc installée au comptoir, et j'ai décidé de poser la question au patron, l'air de rien. Il n'a eu aucun mal à se souvenir de lui, puisqu'il nous avait vus ensemble.

— Ah oui, le type un peu effacé. Je le vois souvent le soir, depuis un moment maintenant. Mais je n'arrive pas à me rappeler s'il venait déjà ici avant.

— Il n'est pas effacé, il est discret, ai-je rectifié.

— Désolé. Mais c'est vrai qu'il reste des heures à chaque fois.

— Il vient ici pour te voir, non ? s'est permis d'intervenir Takano. En tout cas, vous allez bien ensemble.

Je l'ai fixé pendant un instant, incrédule, avant de nier avec agacement :

— Ne dis pas n'importe quoi !

— Hé, ne t'énerve pas comme ça.

— Et toi, arrête de dire des conneries !

Le patron a fini par chasser Takano, qui s'est enfui en criant qu'il était désolé.

En portant ma tasse de café à mes lèvres, j'ai tenté d'effacer les paroles de Takano de mon esprit, songeant qu'il n'y avait aucune chance que cela soit vrai.

Mais… et si c'était le cas ?

Akira était un homme vraiment séduisant. Sympa, poli, et drôle. Et, bien sûr, passionné de littérature. Il ne se vantait jamais, n'avait pas un rire gras et vulgaire.

Les autres femmes ne devaient pas rester insensibles à son charme.

Et moi, alors ?

J'en étais là de mes pensées quand j'ai remarqué que le patron avait les yeux braqués sur moi.

— Il va falloir corriger cette sale manie de dévisager les clients, patron. Surtout les filles, ai-je dit avec froideur.

Il a éclaté de rire, puis il a rapidement disparu dans les cuisines, prenant modèle sur Takano.

Comme je n'étais plus d'humeur à réfléchir, j'ai entrepris de m'attaquer à la lecture d'*À mi-pente*, le livre dont Akira m'avait parlé. J'en avais découvert un exemplaire tout à fait par hasard, dans un des rayons de la librairie Morisaki, alors que mon oncle était en train de baisser le rideau.

— Ce n'est pas dingue, m'avait-il prévenue en me voyant le prendre.

— Ça ne fait rien, avais-je répondu en lui tendant une pièce de 100 yens.

C'était une histoire courte, environ deux cents pages. J'ai ouvert le livre au café, je l'ai continué en rentrant à la maison, et je l'ai refermé avant d'aller me coucher, le terminant en une soirée.

Comme me l'avait dit Akira, c'était une histoire d'amour tragique.

Tokyo, en pleine reconstruction d'après-guerre. Notre personnage principal, un écrivain sans succès du nom d'Iida Matsugorô, rencontre la jeune et magnifique

Ukiyo, serveuse dans un café « moderne » installé le long d'une rue en pente, et tombe fou amoureux d'elle au premier regard. Il se rend tous les jours au café pour lui montrer la force de son amour, et si au début Ukiyo ne lui prête aucune attention, elle finit par se laisser charmer. À ce stade du récit, on pourrait croire que seuls des jours heureux attendent nos tourtereaux, mais Ukiyo, accablée par le poids des dettes de son père, est contrainte de se fiancer à un riche héritier. Matsugorô, qui n'a pas un sou en poche, n'a aucun moyen d'éviter ce drame.

Rongé par le désespoir et la solitude, il se consacre corps et âme à l'écriture d'un roman, animé que d'une seule pensée : avoir du succès et devenir célèbre, dans le but de reconquérir sa bien-aimée. Il voit son souhait se réaliser alors qu'il approche de la quarantaine. Mais Matsugorô finit par apprendre la cruelle vérité : Ukiyo, touchée par une épidémie mortelle, n'est déjà plus de ce monde.

Dès lors, Matsugorô se noie dans l'alcool, la drogue et les femmes. Son corps, malmené par cette vie de débauche, ne tarde pas à se dégrader, et Matsugorô, incapable d'oublier Ukiyo, continue malgré tout de se rendre chaque jour au café où il l'a vue pour la première fois. Par une nuit d'hiver, alors qu'il quitte les lieux pour rentrer chez lui, il s'effondre, victime d'une hémoptysie. La seule pensée à habiter son esprit, tandis qu'il sent sa conscience s'éloigner peu à peu, est le visage d'Ukiyo.

J'ai été bouleversée par l'amour que Matsugorô portait à Ukiyo, un amour aussi douloureux que puissant, et une fois la dernière page tournée, je me sentais pleine de sérénité. Mes larmes, qui avaient roulé sur mes joues, formaient de petites taches sur le papier.

Je me suis endormie en songeant qu'Akira était un homme très romantique.

Cette nuit-là, j'ai rêvé que j'étais la patronne du café du roman, et que, secouant Ukiyo par les épaules, je cherchais à la convaincre d'épouser Matsugorô.

— Pourquoi est-ce que tu fais ce voyage avec elle ?

La veille de mon départ, alors qu'il ne restait plus que moi au bureau, j'ai reçu un coup de fil de mon oncle. Il venait d'apprendre la nouvelle de la bouche de Momoko. Il m'avait peut-être demandé d'enquêter sur elle, m'a-t-il dit d'un ton contrit, mais je n'avais pas besoin d'aller jusque-là pour ça.

— Bah, tu sais, ça s'est fait comme ça…, ai-je vaguement répondu, car j'étais bien incapable d'expliquer les raisons qui m'avaient poussée à accepter.

— J'imagine qu'elle a dû te forcer la main ? a-t-il suggéré.

— Non, pas vraiment.

— Tu es sûre que ça ira ?

Pour couper court à son inquiétude, je lui ai annoncé de ma voix la plus gaie que je comptais bien lui rapporter un petit souvenir.

— Bon, si ça te va, ça me va aussi…, a-t-il finalement capitulé. Au fait, ça fait plusieurs jours que Sabu débarque ici et demande à voir Momoko. Il a l'air remonté. Qu'est-ce qui lui arrive ?

J'ai éclaté de rire en me remémorant la joute à laquelle j'avais assisté chez Subouru.

— Il aurait deux mots à lui dire, de ce que j'en sais.

— Hein ? s'est écrié mon oncle, abasourdi. De toute façon, elle va réussir à l'embobiner en deux secondes, et l'autre va être tellement flatté qu'il va rentrer chez lui en sifflotant. Crois-moi, c'est tout ce qui risque de se passer. Elle est particulièrement douée, surtout avec les gens comme Sabu.

Je n'avais aucun mal à visualiser la scène.

— Tu n'as pas tort.

— J'en suis sûr, même. Mais Momoko s'absente souvent la journée, et quand il vient, elle n'est jamais là. Et lui repart fâché.

— Je vois.

— Quand je lui demande où elle va, elle ne me répond pas.

— Ce n'est plus une enfant, ai-je protesté, abasourdie à mon tour. Tant qu'elle revient, ça n'a pas d'importance.

— Oui, mais bon… bref, tout ça pour dire que si tu n'as pas envie de faire ce voyage, tu n'es pas obligée. N'empêche, je continue de me demander pourquoi elle t'a invitée…, a-t-il marmonné avant de raccrocher.

Ma journée de travail terminée, j'ai décidé d'aller faire un tour au café Subouru.

Il était déjà plus de 21 heures lorsque j'ai quitté le bureau, mais, n'étant guère emballée à l'idée de rentrer directement chez moi, j'ai opté pour ce petit détour. L'endroit était bondé quand je suis arrivée. Deux femmes étaient assises à la table d'ordinaire occupée par Akira.

J'ai trouvé une place libre, et j'ai commencé la lecture de *L'Amitié*, écrit par Mushanokoji Saneatsu, que j'avais acheté en pensant le prendre avec moi en voyage. Mais j'avais toutes les peines du monde à me concentrer. Dès qu'un client franchissait la porte, je levais spontanément la tête, en me disant que c'était peut-être Akira.

Alors que je venais péniblement de lire une vingtaine de pages, Akira est finalement apparu. Je me suis dépêchée de lui faire signe de la main, et il s'est lentement approché de ma table. J'ai ressenti un léger malaise en le voyant au loin. Il avait l'air éteint, ce soir-là.

J'ai attendu qu'il s'installe pour lui demander :

— Tu as beaucoup de travail en ce moment ?

— Non, ce serait même le contraire, a-t-il répondu avec un sourire, sans toutefois parvenir à détendre ses traits fatigués.

Le silence s'est abattu sur nous. Si d'ordinaire il ne me dérangeait pas, cette fois, il m'a paru étouffant. Les mots de Takano sont revenus me hanter l'esprit, ne faisant qu'augmenter mon trouble. Soudain, l'inspiration m'a frappée, et je me suis exclamée, ravie :

— Ah, au fait ! J'ai lu *À mi-pente.*

— Ah bon, a-t-il murmuré sans enthousiasme.

Et moi qui croyais qu'il serait heureux de m'écouter… je m'étais lourdement trompée. J'étais déçue.

— Alors, c'est une histoire vraiment éculée, hein ? a-t-il dit avec une ironie mordante.

— Non, ce n'est pas vrai. Je l'ai beaucoup aimé, ce bouquin.

— Pourtant, attendre l'être aimé jusqu'à la mort… ce genre de chose, ça n'arrive jamais dans la vraie vie.

— Tu crois ?

— Je parle en connaissance de cause. C'est même tout l'inverse. L'autre finit par te dire que tu le fais flipper.

— Quoi ?

Je ne comprenais pas où il voulait en venir. Il a poursuivi sur sa lancée :

— C'est dans ce café que je l'ai emmenée, le jour où on s'est rencontrés. Et l'endroit lui a plu. Alors on est revenus, plusieurs fois. Je lui ai dit que je l'attendrais ici, le temps qu'il faudrait. Qu'elle saurait où me trouver, si elle changeait d'avis. Elle m'a envoyé un message avant-hier, pour me dire d'arrêter parce que c'était carrément « flippant ».

Tout s'expliquait. Pourquoi ne m'en avait-il jamais parlé ? Non, en réalité, rien ne l'obligeait à le faire. Mais tout de même…

C'était cette femme qu'il attendait, soir après soir. La belle jeune femme qui l'accompagnait à la librairie. Tout comme Matsugorô avait passé sa vie à attendre Ukiyo. Akira s'était identifié au personnage, voilà pourquoi il avait lu ce roman tant de fois.

Je vois. Je vois. Ces deux mots tournaient en boucle dans ma tête. Je n'étais pas particulièrement triste. Une partie de mon cœur savait depuis le début qu'il ne me regardait pas, pas de cette manière en tout cas. Je me suis sentie bête de m'être fourré ces idées stupides dans le crâne.

Parler des heures durant, comme à un vieil ami ? J'avais faux sur toute la ligne. Il avait eu la bonté de m'écouter, et moi j'avais profité de lui. Je n'avais fait qu'étaler ma vie, pour me soulager d'un poids, pour me sentir mieux. Je venais enfin de m'en rendre compte, et cette prise de conscience m'a désolée.

— Pardon, je ne voulais pas t'embêter avec mes histoires, s'est-il excusé, gêné de me voir garder les yeux rivés sur mes mains.

J'ai fait signe que « non ».

— C'est moi qui te dois des excuses.

— Pourquoi ? a-t-il demandé avec surprise.

— Comme ça, ai-je répondu, évasive.

— Mais…

J'aurais aimé m'excuser davantage, mais je n'avais pas envie qu'il me prenne pour une folle, alors je me suis retenue. J'ai songé qu'il valait mieux changer de sujet.

Mais la question qui me brûlait les lèvres est remontée à la surface :

— Cette femme... tu l'aimais, n'est-ce pas ?

J'ai aussitôt regretté mes paroles. Il a esquissé un léger sourire.

— Je me déteste d'être aussi puéril. Mais cette histoire m'aura appris quelque chose. Nous n'avons jamais rien eu en commun, elle et moi. Ça ne pouvait pas marcher. Mais je me suis obstiné. Tomber amoureux, puis finalement décider de tout arrêter parce que nous étions différents ? J'en étais incapable. J'ai toujours cru que j'étais quelqu'un de réservé, presque blasé, mais j'ai découvert que le feu de la passion brûlait aussi en moi.

Nul besoin de faire une analyse poussée de la situation pour comprendre qu'il était un peu à part, comme garçon.

— Je... je pense que tu es quelqu'un de bien, ai-je déclaré pour lui remonter le moral.

J'aurais aimé trouver de plus jolis mots à lui dire. Mais ils venaient du cœur. C'était quelqu'un de bien.

— Merci. C'est vrai. Je suis quelqu'un de bien. Aucun doute là-dessus. Je suis quelqu'un de bien, mais je ne suis pas intéressant. Enfin, c'est ce qu'elle m'a dit.

Il a pouffé.

— C'est méchant, ai-je commenté avec colère.

Cette femme n'avait pas su voir ses qualités.

— Non, c'est aussi ce que je pense. Je reste même admiratif devant tant de lucidité. Mais enfin, assez parlé de moi, passons à autre chose.

Puis il m'a demandé s'il y avait du nouveau dans ma vie depuis notre dernière rencontre. Mais je me sentais bien trop oppressée pour avoir une discussion normale. Après quelques minutes passées à poursuivre cette conversation qui ne prenait pas, je me suis levée de ma chaise.

— Désolée, je dois me lever tôt demain, ai-je prétexté.

Je me suis éloignée, l'abandonnant à sa table avec son air perplexe. Remarquant ma mine sombre, le patron m'a interceptée devant la porte :

— Takako ? Tu rentres déjà ?

— Oui, ai-je simplement répondu, et je suis sortie.

Je n'avais plus envie de remettre les pieds dans ce café. Pas avant un long moment.

Sur le chemin de la gare, je me suis laissé envahir par le cafard, et j'ai dû pousser une bonne trentaine de soupirs.

Ce n'est qu'une fois dans le train que j'ai réalisé que j'avais oublié mon livre là-bas.

Le rendez-vous avait été fixé à 10 heures, gare de Shinjuku.

Le ciel était voilé, mais la météo prévoyait des éclaircies au cours de l'après-midi. Je suis sortie de chez moi, bien décidée à ne pas traîner ma morosité de la veille. Après tout, j'avais posé des congés payés exprès pour ce voyage.

Momoko est apparue à la sortie sud de la gare grouillante de monde de Shinjuku, si peu chargée qu'il était difficile de croire qu'elle partait en voyage. Elle avait pour bagage un unique petit sac à dos, que l'on aurait pu confondre avec celui d'un enfant. Queue-de-cheval, sweat vert, jogging noir. Comme elle n'était pas grande, de loin, elle avait l'air d'une jeune fille qui partait en excursion. En me voyant, elle a froncé les sourcils.

— Ce n'est pas une tenue très adaptée à la montagne.

Je n'avais pas voyagé depuis longtemps, et, pour fêter ça, j'avais enfilé une robe que j'avais récemment achetée en soldes.

— Mais j'ai mis des baskets. Et j'ai des vêtements plus pratiques dans mon sac.

— Ce n'était pas la peine de prendre autant d'affaires.

Je me suis renfrognée. J'avais honte, car j'étais visiblement la seule à être si excitée par la perspective de ce voyage. Sans doute a-t-elle été sensible à ma réaction, car elle a aussitôt cherché à se rattraper :

— Bah… être jeune, c'est avoir beaucoup à porter.

— Une tendance qui s'inverse quand on prend de l'âge apparemment, ai-je riposté.

— Voyons, Takako, c'est juste que je déteste m'encombrer.

— Évidemment, ai-je acquiescé.

— Bref, merci d'avoir accepté de m'accompagner, a-t-elle dit avant de s'incliner devant moi dans un geste théâtral.

— De même.

Je me suis inclinée en retour.

Nous avons pris la ligne Chûô depuis Shinjuku, et nous avons changé pour la ligne Ôme à la station Tachikawa. Cela faisait cinq ans que je vivais à Tokyo, mais c'était la première fois que j'allais dans cette direction. Le train dans lequel nous sommes montées était loin d'être bondé. Assis sur le siège en face de nous, un lycéen à l'air un peu voyou, qui s'était certainement réveillé en retard, agitait nerveusement la jambe, la mine maussade. Peut-être en voulait-il au monde entier. Momoko regardait le paysage défiler par la fenêtre tout en fredonnant. Comme j'avais passé la majeure partie de la nuit à ressasser des pensées désagréables et que je n'avais pas réussi à fermer l'œil avant les premières lueurs de l'aube, je me suis endormie sans même m'en rendre compte.

Lorsque je me suis réveillée, le petit voyou n'était plus là. Il devait déjà être arrivé au lycée, toujours en rogne contre le monde entier. Dehors, les nuages avaient été chassés du ciel. Les habitations se faisaient rares et, à l'arrière-plan de ce paysage fait de champs et de rizières, les montagnes devenaient de plus en plus imposantes.

— Incroyable, ai-je dit en me frottant les yeux.

— Et ce n'est que le début.

Nous sommes descendues du train à une petite gare du nom de Mitake. Les montagnes se découpaient sur le fond bleu du ciel. L'une d'entre elles, dressée au milieu, dominait toutes les autres, majestueuse et inébranlable. Au sommet de cette géante verte, l'automne n'ayant pas encore laissé son empreinte sur les feuillages, se tenait l'auberge que nous visions.

— On n'est pas si loin de la ville, et pourtant, j'ai l'impression d'avoir atterri dans une contrée lointaine, ai-je murmuré en contemplant la vue.

J'ai pris une profonde inspiration pour remplir mes poumons de cet air frais et pur. J'étais touchée de découvrir que subsistaient encore des coins de nature luxuriante dans la région de Tokyo.

— Ça ne fait pas si longtemps que les gratte-ciel ont envahi la ville, quelques dizaines d'années, tout au plus, a lancé Momoko.

Sa remarque a fait remonter à ma mémoire un recueil de nouvelles de Kunikida Doppo, intitulé *Musashino*. Durant l'ère Meiji, époque où l'auteur vivait dans la province de Musashi, existait une vaste étendue de plaine à vous couper le souffle. Penser aux transformations que le temps entraînait dans son sillage m'a donné le vertige.

Nous devions prendre un bus depuis le petit arrêt devant la gare, qui nous conduirait par la route nationale à une station de téléphérique située à mi-hauteur de la montagne.

Deux groupes de touristes qui, de toute évidence, avaient pris le même train que nous, attendaient déjà le bus. Des gens d'un certain âge, qui voyageaient ensemble pour on ne sait quelle raison. Nous nous sommes assises à côté d'eux en les saluant d'un léger signe de tête.

— Oh, une petite excursion mère-fille ? a demandé une vieille dame joviale, la plus âgée du groupe.

— Oui, a acquiescé Momoko avec un grand sourire.

Et depuis quand ? ai-je songé en hochant tout de même la tête, car je n'avais aucune envie de me lancer dans des explications.

Lorsque nous sommes montées à bord, trois garçons de l'école primaire qui se trouvaient déjà dans le bus sont immédiatement venus nous parler. Ils avaient l'habitude des touristes, et n'étaient en rien intimidés. Momoko, qui adorait les enfants, discutait de bon cœur avec eux, les yeux plissés de ravissement.

— Vous êtes en quelle classe ?

— En première année ! ont-ils répondu en chœur avec une belle énergie.

Leurs familles géraient chacune une auberge en amont, ce qui les obligeait à descendre chaque jour la montagne pour aller à l'école.

— Ce doit être fatigant pour vous, ai-je observé, comme avaient déjà dû le faire des centaines de touristes avant moi.

— Eh bien oui, ont-ils approuvé d'un ton très adulte, comme s'il n'y avait rien de plus évident au monde.

Guidées par les enfants, nous sommes descendues du bus et nous avons gravi le chemin qui menait au téléphérique. Les garçons ouvraient la marche en galopant ; quant à moi, je me suis retrouvée bonne dernière, déjà essoufflée par l'effort. Momoko s'est retournée pour me regarder.

— Hé, Takako, m'a-t-elle taquinée, tu es déjà épuisée, alors que ça n'a pas encore commencé ? Le vrai défi nous attend à la descente du téléphérique !

Les écoliers ont éclaté de rire.

— Qu'est-ce qu'on va faire d'elle, hein, les enfants ? Vous voyez, c'est ça les gens de la ville ! a-t-elle poursuivi en riant avec eux.

— Je viens du Kyushu, c'est la campagne, je te signale ! ai-je riposté, mais personne ne m'a écoutée.

Comment Momoko pouvait-elle être en si bonne forme ? Elle était bien plus vieille que moi, au point même qu'on la prenne pour ma mère. J'ai regretté avec amertume de ne pas avoir enfilé une tenue plus pratique.

Quand je suis enfin arrivée à la station, Momoko m'a tendu une bouteille de thé glacé qu'elle venait d'acheter à la boutique de souvenirs. Je l'ai prise avec reconnaissance et je l'ai bue à grandes goulées.

La télécabine a remonté la montagne en suivant le cours d'eau clair d'une rivière, et nous a déposées un peu avant le sommet. Nous avons dit au revoir aux enfants avec force gestes de la main, et nous avons laborieusement repris notre ascension. Nous nous trouvions déjà à près de mille mètres d'altitude, et c'était incroyable de penser qu'une heure plus tôt à peine je me tenais encore au pied de la montagne.

De chaque côté du sentier était plantée une série de panneaux annonçant les différentes auberges. Celle où nous allions était la plus isolée de toutes.

— Il faut compter quarante minutes de marche, m'a indiqué Momoko d'un ton léger.

J'ai poussé un gémissement de protestation.

— Le paysage est magnifique, tu verras, a-t-elle dit en m'attrapant les joues.

Nous nous sommes embarquées dans une série de montées et d'escaliers. Nous n'avons croisé qu'un seul commerce et une unique petite salle des fêtes, le reste des constructions n'étant que des maisons et des auberges. Les promeneurs qui descendaient du sommet, une grande majorité de personnes âgées, nous saluaient tous joyeusement, et nous leur répondions de la même manière. Nous avons aussi rencontré quelques jeunes couples et des groupes d'étudiants. À mon grand soulagement, la plupart d'entre eux étaient habillés « normalement », en ce sens qu'ils portaient le même genre de tenue que moi.

Enfin, nous avons aperçu l'auberge au loin. J'étais hors d'haleine.

— Ouf, on est arrivées ! a dit Momoko, qui devait elle aussi commencer à fatiguer.

Elle a essuyé son front couvert de transpiration avec un soupir.

C'était un bâtiment assez vieillot. Une construction en bois à trois étages, comme si l'endroit servait à la fois d'habitation, avec une falaise abrupte en arrière-plan. Un motoculteur, un vélo rouillé et des rondins de bois avaient été abandonnés ici et là dans le vaste jardin, donnant au lieu un air habité. L'endroit était… pittoresque, pour le dire gentiment. Mais si l'on voulait se montrer mauvaise langue, il respirait la pauvreté. Pourtant, l'idée de séjourner dans un petit hôtel soigné ne me paraissait pas non plus appropriée pour notre escapade à deux. J'ai pensé, au premier coup d'œil, que cette auberge était parfaite pour nous.

— Bonjour ! a crié Momoko en poussant la porte.

Des bruits de pas précipités se sont fait entendre dans le couloir, et une jeune femme est apparue devant nous quelques secondes plus tard. Elle portait un jean large et un pull beaucoup trop grand pour elle. Je lui donnais une vingtaine d'années, tout au plus.

— Momoko ! s'est-elle exclamée d'un ton amical que l'on n'était pas censé employer avec des clients.

— Haru ! Comment vas-tu depuis le temps ?

— Et vous êtes… ? La fille de Momoko ? Momoko, tu as des enfants ?

— Takako, la nièce de Momoko, me suis-je empressée d'intervenir, avant que celle-ci ne recommence à prétendre que nous étions mère et fille.

Haru dégageait une certaine impression de rudesse, mais ne semblait pas avoir un mauvais fond.

— Je vois. Bonjour, a-t-elle dit en me saluant d'un signe de la tête.

D'autres bruits de pas ont résonné au fond. Une femme d'une cinquantaine d'années, vêtue d'une robe-tablier, un foulard blanc noué dans les cheveux, est venue jusqu'à nous en marchant doucement.

— Tu es en avance, Momoko.

Son ton vif et son sourire engageant laissaient supposer qu'elle était le genre de personne à aimer prendre soin des autres.

— Contente de revenir parmi vous, chère madame, a dit Momoko en s'inclinant poliment devant elle.

— Quoi ? Tu reviens ?

— Non, non, Haru, je suis venue en tant que cliente aujourd'hui.

— Ah bon ?

Voyant mon air perdu, Momoko m'a glissé à l'oreille :

— Après être partie de la maison, j'ai vécu et travaillé ici pendant un certain temps.

J'ai poussé un petit cri de surprise.

— Voilà, tu sais tout, a-t-elle ajouté, impassible.

La patronne nous a guidées jusqu'à notre chambre. Il était à peine 14 heures, et nous étions les premières clientes.

Le désordre n'était pas réservé qu'au jardin et s'était aussi installé à l'intérieur de l'auberge, sous la forme d'un étalage d'objets disparates. Un aquarium vide, des piles de revues, une vieille télévision ou encore une guitare avaient été abandonnés dans le couloir, et un coup d'œil furtif vers les cuisines à côté du vestibule m'a appris qu'elles n'étaient pas mieux organisées. Les toilettes, la salle d'eau et le bain étaient communs. Cela tenait plus du dortoir de pensionnat que de l'auberge. Durant les vacances d'été, l'endroit devait être envahi par les clubs d'étudiants. Je ne savais pas ce qu'il en était pour les autres établissements du coin, mais l'atmosphère qui régnait ici était des plus décontractées.

Notre chambre, qui offrait apparemment la meilleure vue, faisait l'angle à l'arrière du bâtiment. C'était une pièce d'environ dix tatamis, juste ce qu'il fallait d'espace pour deux personnes. La fenêtre s'ouvrait sur une végétation abondante, et des arbres qui ballottaient paresseusement sous la brise. Un oiseau, peut-être bien une grive, nous berçait de son chant. Les montagnes au loin étaient brouillées par de fins nuages qui glissaient avec lenteur dans le ciel. Le temps me paraissait comme figé, tandis que je contemplais le paysage.

Je suis demeurée assise un long moment au bord de la fenêtre. À côté de moi, Momoko, sans doute en proie à la nostalgie, restait inhabituellement silencieuse, les yeux perdus dans le vague. J'ai essayé d'imaginer ce que cela pouvait être, de travailler et d'habiter ici. J'en suis arrivée à la conclusion que ce devait être plaisant, étonnamment.

Un coup fort a été frappé à la porte, puis Haru est entrée en annonçant que les nuits devenaient fraîches.

Elle transportait un poêle à pétrole, qu'elle est venue déposer dans un coin de la chambre.

— Merci.

— Mais y a pas de quoi, a-t-elle répondu dans le style d'une serveuse de bar avant de s'en aller.

— Momoko, tu as travaillé combien de temps ici ?

— Trois ans, je crois, a-t-elle dit, hésitante, en penchant la tête.

— Et après ça, tu as fait quoi ?

— Oh, plein de choses ! On peut vivre n'importe où, si on le souhaite.

Elle me semblait effectivement capable de mener la vie qu'elle désirait, où elle le désirait.

— Allez ! s'est-elle exclamée en se levant. On va se balader un peu avant le dîner.

La « véritable » randonnée étant prévue pour le lendemain, nous avons décidé d'aller visiter le sanctuaire qui, selon Momoko, se trouvait à peine à cinq minutes à pied.

Après avoir traversé le coin où s'entassaient les boutiques de souvenirs et les restaurants, un imposant portail torii est apparu devant nous. Nous nous sommes inclinées légèrement et, marchant dans les pas des autres promeneurs, nous avons pénétré dans l'enceinte sacrée.

Je suis restée scotchée devant tant de splendeur. Plusieurs petits temples se succédaient sur le chemin vers le bâtiment principal, avec notamment une salle du trésor, ainsi que de nombreuses stèles en pierre. D'après le panneau d'information, le sanctuaire aurait été construit avant l'époque de Nara (710-794), mais serait devenu le cœur du culte dit des montagnes dès le Moyen Âge, attirant les pèlerins de toute la région du Kanto.

J'ai été surprise de découvrir qu'il existait un aussi grand sanctuaire au fin fond de la montagne depuis des temps si reculés. Des milliers de pèlerins avaient gravi ses flancs abrupts durant des centaines et des centaines d'années pour venir s'y recueillir... ne disposant pas des moyens de transport actuels, cette expédition devait leur prendre plusieurs jours de marche. Une visite qui, à leurs yeux, avait bien plus de sens qu'aux nôtres. J'avais beau ne pas être croyante, cette pensée m'inspirait le plus vif respect.

Nous avons grimpé un escalier en pierre, plutôt raide, pour atteindre le sanctuaire principal. De chaque côté s'épanouissaient des gentianes sauvages, aux pétales d'un violet éclatant. Cet escalier n'en finissait pas... j'avais l'impression que nous n'allions jamais y arriver. La montée paraissait tout aussi pénible aux autres touristes. Une fois au sommet, j'étais à bout de souffle. Je me suis tant bien que mal ressaisie, puis nous avons jeté quelques pièces de monnaie avant de joindre les mains.

Ma prière terminée, j'ai lancé un regard à Momoko à côté de moi. Elle tenait encore ses deux mains jointes, une expression grave sur le visage.

— Qu'est-ce que tu as demandé ? l'ai-je questionnée en la voyant ouvrir les yeux.

— Rien.

— Tu avais l'air concentrée, pourtant.

— Le sanctuaire n'est pas un endroit où on formule uniquement des vœux. On y vient aussi remercier les dieux de veiller sur nous.

— Mince, et moi qui n'ai fait que réclamer…

— Tu as demandé quoi ?

— J'ai prié pour avoir la santé et ne jamais être à court d'argent.

Elle a ri en disant que ça me ressemblait bien. Elle a balayé les environs du regard et a ajouté :

— C'est ici que j'ai atterri après avoir quitté Satoru, sans que je puisse me l'expliquer. Sur le trajet du retour, je me suis arrêtée à l'auberge, notre auberge, pour passer la nuit. Et, comme je ne savais pas où aller ni vers qui me tourner, j'ai demandé à la patronne si elle voulait bien me donner un travail et un toit sur la tête. Elle avait perdu son mari depuis peu, et puisque Haru n'était pas encore arrivée, elle avait grand besoin d'un coup de main. C'était très gentil de sa part, d'avoir accepté d'embaucher une inconnue, plus toute jeune en plus.

J'étais impressionnée par son ton détaché, la capacité qu'elle avait à raconter cette histoire comme si c'était celle de quelqu'un d'autre.

Nous nous sommes à nouveau inclinées, puis nous avons quitté le sanctuaire principal qui resplendissait dans la lumière du soleil couchant, et nous avons pris le chemin de l'auberge.

Je me prélassais sur mon futon après le bain en attendant que Momoko finisse de prendre le sien lorsque le sommeil m'est tombé dessus sans crier gare. Momoko m'a secouée pour me réveiller et m'annoncer qu'il était l'heure de descendre dîner. Il y avait du monde dans la salle de banquet, de nouveaux clients qui avaient dû faire leur apparition alors que j'étais plongée dans le monde des rêves. Il y avait là trois générations d'une même famille, ainsi que deux hommes d'un certain âge, passablement éméchés, qui ont beuglé qu'ils avaient commencé sans nous en nous voyant entrer dans la pièce.

La quantité de mets servis pour le dîner était impressionnante. La maîtresse de maison n'arrêtait pas de venir déposer des plats sur notre table : légumes mijotés, *nattô*, oignon de Chine en pickles, ou encore *kimchi*. Les accompagnements s'entassaient devant nos yeux. Nous avons même eu droit à une fondue *nabe*, et à des tempura. Je m'étais régalée avec le plat de poisson (de l'*ayu* grillé), qui, avec le bol de riz et la soupe miso, avait suffi à me remplir l'estomac. J'ai donc offert aux deux messieurs de faire un sort à ma fondue *nabe* et à mes tempura.

L'ambiance dans la salle de banquet est très vite devenue conviviale, à l'image de l'atmosphère chaleureuse qui enveloppait l'auberge. Les deux hommes, des aficionados de randonnée alpine, nous ont confié que ce n'était pas la première fois qu'ils s'attaquaient à cette montagne. Ils nous ont tant bien que mal enseigné leurs spots préférés, leur cerveau se trouvant quelque peu engourdi à cause de tout l'alcool qu'ils avaient ingurgité. Mais savoir où admirer des dents-de-chien ou de fausses anémones ne nous était d'aucune utilité, puisque la période de floraison devait déjà être terminée.

La famille, elle, avait décidé de s'offrir une escapade en comité réduit avant le mariage du petit-fils. C'était d'ailleurs lui qui avait poussé le fauteuil roulant de la grand-mère, qui avait entre quatre-vingt-sept et quatre-vingt-neuf ans (son âge a été l'objet d'un bref, mais virulent débat entre eux), depuis la station de téléphérique jusqu'à l'auberge.

— C'est mon dernier voyage, a murmuré la vieille dame.

— Mais non, vous êtes tellement jeune ! Il y a encore tout un tas d'aventures qui vous attendent, croyez-moi, a répondu Momoko avec un sourire plein de conviction.

Plus tard, une fois les autres clients partis, Momoko et la patronne se sont lancées dans une discussion sans fin. J'ai décidé de monter me coucher.

La sensation qui m'avait saisie avant notre départ, cette sorte de mauvais pressentiment, n'était probablement due qu'à mon imagination. Voilà la conclusion à laquelle je suis arrivée dès mon retour dans la chambre, après avoir repensé à notre journée. Momoko semblait heureuse, et n'était en rien différente de la femme joyeuse qu'elle incarnait habituellement. Elle voulait tout simplement revenir à l'endroit où elle avait un jour travaillé, sans doute par nostalgie.

Et moi, j'avais parcouru tout ce chemin juste parce que je m'étais fait des idées. Une preuve de plus, s'il en fallait après le fiasco de mon histoire avec Hideaki, que je n'étais pas très intuitive.

Mais enfin, je m'amusais bien.

— On se lève tôt demain, alors il vaut mieux ne pas veiller trop tard, a annoncé Momoko en entrant dans la chambre.

Nous nous sommes donc aussitôt mises au lit. J'avais du mal à trouver le sommeil à cause de mes deux siestes du jour. Momoko, elle, s'est endormie trois minutes à peine après s'être glissée dans son futon. J'écoutais son souffle paisible, parfois entrecoupé de petits ronflements.

J'ai regretté d'avoir oublié mon livre sur la table du café. Cette pensée en entraînant une autre, le visage d'Akira s'est matérialisé dans mon esprit.

Que faisait-il en ce moment précis ? Il devait dormir, certainement. Je me suis sentie seule, tout à coup, et même si je n'étais pas à mille lieues de chez moi, je me trouvais quand même dans un lieu inconnu, incapable de fermer l'œil. J'ai été prise d'une envie subite de le voir. Quand même… j'aurais pu lui demander son numéro de téléphone. Je ne le reverrais probablement plus jamais. Car il n'avait plus aucune raison de venir dans ce café. Mon cœur s'est serré dans ma poitrine.

Ces réflexions ayant définitivement fait fuir le sommeil, je me suis levée et j'ai quitté la chambre à pas de loup. L'auberge était plongée dans le silence, mais de la lumière filtrait à travers les portes en papier entre-bâillées de la pièce tout au bout du couloir. Je me suis approchée sur la pointe des pieds pour jeter un coup d'œil à l'intérieur. Haru était assise les jambes croisées devant un bureau, et fixait l'écran de son ordinateur avec un air aussi grave que Momoko lors de sa prière. Elle a senti ma présence, tandis que je cherchais à m'éloigner.

— Qu'est-ce qu'il y a ? a-t-elle demandé d'une voix traînante.

— Je n'arrive pas à dormir.

— Vous n'avez qu'à aller vous promener. Le ciel était clair aujourd'hui, les étoiles doivent être belles, a-t-elle suggéré en m'indiquant la direction de l'entrée du menton.

— Bonne idée.

J'ai tourné les talons, et je me suis dirigée vers la porte.

— Attendez, a-t-elle dit en me rattrapant, une lampe torche à la main. Il fait nuit noire, ce n'est pas prudent de se balader seule.

J'ai doucement ouvert la porte, et nous sommes sorties dans le jardin.

Nous n'étions qu'à la mi-octobre, mais notre souffle formait de petits nuages blancs en raison de l'altitude. J'ai levé les yeux vers le ciel. On aurait dit que les étoiles étaient plus proches de moi qu'elles ne l'avaient jamais été. Les constellations hivernales, invisibles en ville à cette époque de l'année, scintillaient au-dessus de la ligne de crête des montagnes, par-delà la falaise.

Nous avons lentement marché en direction du sanctuaire. Les rues étaient endormies, il n'y avait aucune lumière aux fenêtres. Seul le claquement de nos sandales résonnait agréablement autour de nous.

— Je suis désolée de vous imposer cette sortie.

— Non, ce n'est rien. Je ne faisais que traîner sur Internet.

Haru a extrait une cigarette de la poche de son pantalon, l'a portée à sa bouche puis l'a allumée, avant de cracher la fumée dans l'obscurité.

— Depuis quand travaillez vous ici ?

— Depuis que j'ai quitté le lycée. Je suis de la famille de la patronne.

— Je vois.

— C'est à peu près pareil pour tout le monde ici. On bosse en famille. Pendant les vacances, les lycéens du coin viennent nous réclamer des petits boulots. C'est rare, les gens comme Momoko.

— Vous aimez ce que vous faites ?

— Bonne question. Je ne peux pas vraiment savoir, puisque je n'ai jamais travaillé ailleurs qu'ici. C'est vivant quand les étudiants débarquent en masse, mais c'est vrai qu'à cette période de l'année, c'est un peu triste. Et pourquoi est-ce que vous voyagez ensemble, toutes les deux, vous n'avez pas l'air d'être si proches que ça ? a-t-elle demandé sans toutefois sembler intéressée par la réponse.

— À mon tour de dire que c'est une bonne question. Avant de venir, je pensais qu'elle voulait me parler de quelque chose. Mais on dirait bien que je me suis trompée.

— Hum. En fait, elle était beaucoup plus sombre quand elle vivait à l'auberge. J'ai été un peu surprise de la voir si joyeuse, après tout ce temps.

— Ah bon ?

— Ouais. Bon, elle avait l'air d'aller mieux vers la fin, mais quand j'ai commencé à bosser ici, elle ne parlait presque pas. Elle me faisait même un peu peur.

Momoko, « sombre » ? J'avais le plus grand mal à l'imaginer.

— Bref, je n'en sais trop rien, a-t-elle conclu en écrasant sa cigarette dans le cendrier installé devant le portail torii.

Une étoile filante a déchiré le ciel, avant de disparaître. Haru a éternué bruyamment.

— On devrait commencer à y aller, ai-je remarqué.

Elle a hoché la tête en reniflant.

Le lendemain matin, j'ai traîné sous la couette, ne pouvant me résoudre à sortir du lit. Momoko a plusieurs fois essayé de m'arracher la couverture, mais je me suis défendue en m'y accrochant de toutes mes forces.

À 9 heures passées, je me suis enfin résignée à me lever et, après m'être lavé le visage, j'ai erré dans l'auberge à sa recherche.

— Sûrement dehors, m'a dit la patronne en se retenant de rire.

Lorsque je suis sortie, j'ai trouvé Momoko au milieu du jardin illuminé par le soleil matinal, vêtue d'un kimono léger, et dans une posture des plus étranges.

— Mais qu'est-ce que tu fais ?

— Du tai-chi.

Qu'elle pratiquait apparemment depuis des années.

— C'est bénéfique pour le corps. Et ça détend l'esprit. Tu veux te joindre à moi, petite marmotte ?

Je me suis demandé si elle faisait la même chose en ville. Une dame d'un certain âge, qui prenait des poses bizarres devant une librairie d'occasion au rideau encore baissé : quel drôle de spectacle elle devait offrir aux hommes d'affaires qui se rendaient au bureau d'un pas pressé ! J'ai failli pouffer en imaginant la scène.

Nous avons décidé de partir en randonnée après le petit déjeuner. J'ai cette fois enfilé une tenue pratique et confortable. Les autres clients avaient déjà tous déserté les lieux. Lorsque j'ai dit à Momoko que nous avions encore le temps, elle m'a jeté un regard froid.

La gérante nous a accompagnées jusqu'à la porte en nous souhaitant une bonne journée, et nous avons quitté l'auberge. Notre objectif était de rejoindre un spot qui offrait une vue imprenable. Pour cela, il nous fallait gravir un sentier escarpé qui nous ferait franchir deux crêtes.

Nous progressions au frais, au milieu de cyprès qui faisaient cinq fois ma taille. De jolies fleurs sauvages apparaissaient ici et là, et Momoko m'apprenait leur nom en me les montrant du doigt. Ces années passées à l'auberge semblaient lui avoir apporté une certaine expérience de la montagne. Quant à moi, je n'avais plus fait de randonnée depuis ce fameux camp d'été auquel j'avais participé quand j'étais à l'école primaire. Mais c'était follement amusant de marcher en pleine nature, quand on était accompagné d'un guide compétent. Aucune inquiétude de se perdre. De bonne humeur, je fredonnais la comptine de « Monsieur l'ours de la forêt », que j'avais chantée durant tout le camp d'été.

Une folie que je n'ai pu me permettre qu'au début de notre parcours. Le chemin, d'abord large et plat, s'est très vite resserré, devenant chaque minute un peu plus abrupt, comme pour nous signifier qu'il ne fallait jamais sous-estimer la montagne. Le sentier était difficile, et je craignais de glisser si je ne faisais pas assez attention.

Avec des réflexes aussi mauvais que les miens, continuer de chanter le nez en l'air que « Monsieur l'ours m'a crié de me sauver » risquait de me faire atterrir au fond d'un ravin. Momoko, elle, n'était pas le moins du monde gênée par le terrain accidenté, et avançait d'un pas impitoyable. Lorsqu'elle prenait un peu trop d'avance, elle s'arrêtait pour m'attendre.

— Dites, madame la guide, on pourrait y aller un peu plus mollo ? ai-je tenté de négocier, alors que nous venions de dépasser un immense rocher qui portait le nom de Tengu.

— Je ne citerai personne, mais quelqu'un nous a fait partir en retard ce matin. Si on ne se dépêche pas, on risque de se faire surprendre par la nuit sur le chemin du retour. Même si, au cœur de la montagne, il fait déjà noir en fin d'après-midi, a-t-elle sèchement répondu.

Je n'étais pas en position de répliquer.

— On va bientôt faire une pause, a-t-elle ajouté pour m'encourager.

Puis elle s'est remise en mouvement.

Il était un peu plus de midi lorsque nous avons marqué une halte au bord d'une rivière claire. Nous avons partagé les *onigiri* que l'aubergiste nous avait donnés pour le déjeuner, assises au beau milieu de la forêt, avec la lumière du soleil qui filtrait à travers le feuillage des arbres, et pour bruit de fond le clapotis de l'eau. Ma fatigue s'est un peu dissipée.

Juchée sur un rocher, j'ai pris de grandes goulées d'air pur pour calmer ma respiration. Momoko, qui n'avait pas souffert autant que moi, dévorait son *onigiri*, le visage serein.

— Dis donc, Momoko, tu es vraiment en forme.

— Et toi, tu n'as pas beaucoup d'endurance pour ton âge.

— Tu vas devenir une vieille dame à la santé robuste, comme la grand-mère d'hier soir, ai-je prédit avec un rire pour la taquiner.

Elle a ri à son tour.

— Détrompe-toi. Ça ne va plus durer très longtemps. Je suis malade. On ne dirait pas comme ça, mais la machine se détériore un peu plus chaque jour.

— Hein ? ai-je balbutié.

— La pause est terminée, a-t-elle clamé avec entrain, ignorant ma question. On y est presque.

Puis elle s'est remise en marche.

Maladie ? Malade ? Momoko ? Elle n'en avait pas l'air, non…

Elle s'est retournée alors que je restais plantée sur place.

— Si tu ne te dépêches pas, je te laisse ici ! a-t-elle lancé.

Je me suis redressée d'un bond, et je me suis empressée de la suivre.

Notre randonnée s'est poursuivie dans un silence quasi total. Nous avons descendu une pente rocailleuse, puis notre itinéraire nous a fait parcourir la moitié du pourtour de la montagne, nous faisant décrire un arc de cercle, avant de nous confronter à une nouvelle montée. Mes jambes ont plusieurs fois crié grâce à cause de ces montées et descentes à répétition.

Enfin, le ciel s'est ouvert au-dessus de nos têtes. Nous avions atteint le sommet.

La forme de cette plate-forme d'observation me faisait penser à un flan renversé sur une assiette. Une étendue de terre d'un brun rougeâtre, ponctuée ici et là de pins. Devant nous, une falaise escarpée. Il n'y avait qu'un seul autre randonneur, un homme d'âge moyen, qui se reposait sur un banc au bord de la falaise. Tout était calme, paisible. Nous nous sommes assises côte à côte sur un autre banc en face de lui. Une brise légère soufflant de face rafraîchissait nos corps brûlants.

Le paysage qui s'offrait à nous était bouleversant. Les cimes s'alignaient à perte de vue dans leur écrin de verdure. Le ciel limpide, qui paraissait presque à portée de main, s'étendait à l'infini, donnant la sensation d'être aspiré quand on le regardait trop longtemps.

En plissant les yeux, on pouvait distinguer Tokyo au loin, pas plus grosse qu'un petit pois. J'avais du mal à croire que j'allais réintégrer ce petit pois le lendemain pour continuer le cours de ma vie. Et si je m'installais ici ? Je trouvais l'idée séduisante. Momoko était-elle dans le même état d'esprit, la première fois qu'elle avait mis les pieds ici ?

— Momoko ?

— Hmm ?

— Pourquoi est-ce que tu es partie en abandonnant Satoru ?

Je lui ai posé la question, non pas parce que mon oncle m'avait demandé d'enquêter, mais tout simplement parce que j'avais envie de savoir. Et que je la sentais prête à me répondre. Du moins, c'est l'impression que j'avais. Elle a esquissé un petit signe de tête.

— Alors…, a-t-elle murmuré, en regardant droit devant elle.

Je me taisais, les yeux rivés sur l'horizon, attendant qu'elle se décide à parler. Une hirondelle a traversé le ciel.

— L'homme dont j'étais amoureuse avant… tu te souviens de cette histoire ? a-t-elle poursuivi, hésitante.

— Oui.

— Je suis tombée enceinte de lui. Fonder une famille… c'était mon vœu le plus cher, alors j'étais aux anges, tu comprends. Mais pas lui. Parce qu'il avait déjà une femme et un enfant. Enfin, ça, je ne l'ai appris que plus tard.

Une bourrasque a soulevé un tourbillon de poussière sur son passage. Puis tout est redevenu calme.

— Si j'avais été plus forte, j'aurais pu protéger ce petit être. Mais j'en étais incapable. Je n'avais pas la confiance nécessaire pour me réjouir tout en sachant que j'avais causé une souffrance sans nom à quelqu'un, ni assez de courage pour continuer ma vie en en payant le prix... je l'ai regretté, bien plus que je ne pourrais jamais l'exprimer. Mais le mal était fait...

Elle a poussé un petit soupir, avant d'afficher un léger sourire.

— Et puis j'ai rencontré Satoru, et nous nous sommes mariés. Lui aussi désirait un enfant, mais il nous a fallu du temps pour y arriver, dix ans, pour être précise. Satoru était heureux, moi aussi, bien sûr, plus heureuse que jamais. Mais ce bébé n'a pas eu la chance de venir au monde, il est mort dans mon ventre avant. Je pensais que c'était ma punition, pour avoir laissé mourir mon premier bébé. Je n'avais plus le droit de donner naissance à un enfant. Satoru m'a consolée et soutenue du mieux qu'il a pu, même si lui aussi souffrait. Il est si gentil. Mais je n'ai pas besoin de te le dire, tu le sais déjà.

J'ai acquiescé.

— J'ai réussi à surmonter cette épreuve, et nous nous sommes tous les deux engagés à fond pour remettre la librairie sur pied. Satoru, par égard pour moi sans doute, n'a plus jamais parlé de bébé. Il s'est de plus en plus impliqué dans le travail. J'adorais cette boutique, moi aussi. Je croyais l'aimer autant que lui l'aimait. Mais ça ne me suffisait pas. Les années avaient passé, mais la tristesse était demeurée intacte. C'était comme si un trou béant s'était ouvert dans mon ventre, qui, au lieu de disparaître, devenait chaque jour un peu plus grand... Au bout du compte, j'ai eu l'impression que c'était le trahir, que de rester avec lui en gardant ce secret. Et ce jour-là… quand j'ai repris mes esprits, c'est ici que je me trouvais.

Une fois sa tirade terminée, Momoko a poussé un profond soupir, comme si elle avait retenu son souffle de longues minutes.

— C'était égoïste de ma part, et je sais qu'il me méprise pour ça. Je ne lui en veux pas. C'est pourquoi j'ai peur d'aborder le sujet avec lui maintenant. Tu dois être consternée toi aussi, n'est-ce pas ?

Que pouvais-je lui répondre ? Je ne parviendrais sans doute jamais à imaginer la douleur qui avait été la sienne. Mais je sentais que les sentiments qui l'habitaient étaient sincères. Et, face à cette sincérité, aucun mot n'avait de sens. Alors je me suis contentée de secouer la tête.

Après un moment, Momoko s'est levée avec lenteur.

— Désolée d'avoir parlé de choses si déprimantes. Allez, on ferait mieux de se dépêcher de rentrer.

Le soleil commençait à doucement plonger derrière la ligne de crête des montagnes.

Sur le chemin du retour, Momoko n'a rien perdu de son allure soutenue. J'étais ailleurs, complètement perdu dans mes pensées. Résultat, j'ai glissé une fois et je me suis retrouvée sur les fesses.

Lorsque nous sommes arrivées à l'auberge, il faisait déjà sombre, et il s'était même mis à bruiner. J'étais hébétée de fatigue. Il restait encore une heure avant que le dîner ne soit servi, alors je suis allée directement prendre un bain.

Je me suis attardée dans l'eau chaude en contemplant distraitement le plafond. La journée avait été harassante. Quand j'ai regardé par la fenêtre, l'obscurité avait gagné du terrain. De la vapeur d'un blanc laiteux s'écoulait dans la nuit, comme aspirée par les ténèbres.

La porte s'est ouverte en grinçant. Lorsque je me suis retournée, surprise, Momoko se tenait là, dans la buée formée par la chaleur du bain. Dépouillée de ses vêtements, elle m'a paru encore plus petite que d'habitude.

— Je peux t'accompagner ?

— Oui… bien sûr.

Elle était entrée sans attendre ma réponse.

— C'est beau, la jeunesse. Regarde-moi cette peau, si ferme, a-t-elle commenté en m'observant.

Je lui ai présenté le dos par réflexe.

— Je ne suis plus si jeune.

— Ne dis pas de bêtises, tu as toute la vie devant toi. Cette ligne, là, entre ton cou et ta poitrine, elle est si nette. C'est ici qu'on voit apparaître les premiers signes de l'âge. C'est tellement lisse ! Je t'envie, tu sais, a-t-elle ajouté avec un sourire un peu inquiétant.

— C'est tout bonnement du harcèlement sexuel.

— Tout de suite les grands mots !

Son éclat de rire a agréablement résonné dans la pièce.

Son bas-ventre était barré d'une cicatrice longue d'une dizaine de centimètres, séquelle d'une opération que j'imaginais douloureuse. Je l'avais remarquée quand elle avait fait son entrée. Elle ne faisait pas mine de vouloir la cacher, mais j'avais la sensation de voir ce que je ne devais pas, alors j'ai discrètement détourné le regard.

La conversation que nous avions eue durant la pause-déjeuner s'est rejouée dans mon esprit. Une boule s'est soudain formée dans ma gorge, m'empêchant de parler.

Momoko, qui avait fini de se laver, s'est rincée puis elle est venue s'asseoir à côté de moi.

— Pfiou... le meilleur moment de la journée.

Elle a fermé les yeux d'un air extasié. Alors que je contemplais son profil, l'envie soudaine de la serrer dans mes bras a jailli en moi.

— C'est quoi, ça ? ai-je dit en montrant la fenêtre du doigt.

Son attention attirée ailleurs, j'en ai profité pour me précipiter sur elle. Mais Momoko, qui avait senti le danger arriver, s'est habilement dérobée.

— Qu'est-ce qui te prend ? s'est-elle écriée.

— Rien du tout.

J'avançais vers elle, la forçant à se réfugier dans un coin du bain, tel un chien de berger rassemblant les moutons.

— Arrête ça, Takako ! Ton regard... il me fait peur !

Je lui ai sauté dessus, sans me préoccuper de ses cris effrayés. J'ai fermé les yeux et je l'ai serrée contre moi. Ses épaules frêles étaient chaudes.

— Att... Attends, arrête, qu'est-ce que tu fais !

Elle s'est débattue, projetant de l'eau un peu partout autour de nous. Mais je ne l'ai pas lâchée.

Elle a fini par capituler et me laisser faire. Je l'ai sentie se détendre, alors qu'elle posait sa tête contre mon épaule.

— Je suis surprise, je ne savais pas que tu avais ce genre de penchant, a-t-elle dit avec un sourire en s'abandonnant contre moi.

— Tu n'as pas été assez prudente, ai-je répondu en riant.

Nous sommes restées longtemps dans les bras l'une de l'autre, gloussant, coincées dans un coin du bain brûlant.

Le dîner a été beaucoup moins mouvementé que la veille.

Les deux messieurs et la famille avaient déjà redescendu la montagne, et les nouveaux venus, un homme et une femme, probablement un couple illégitime, ne s'exprimaient qu'à voix basse. *Pourquoi ne pas avoir choisi un hôtel prestigieux ? Pourquoi venir étaler leur liaison secrète dans une auberge qui avait tout d'une pension de famille ?* ai-je songé avec rancœur.

La maîtresse de maison est venue déposer les différents plats devant eux, puis elle a pris soin d'allumer l'antique poste de télé qui trônait au milieu de la pièce avant de repartir, sans doute une marque d'attention de sa part. Les haut-parleurs devaient être défectueux, car les rires bruyants de gens qui apparaissaient sur l'écran cathodique s'interrompaient parfois, rendant le silence de la pièce encore plus gênant. J'en suis arrivée à redouter ces coupures. J'ai fini par me lever pour aller l'éteindre.

De retour dans notre chambre, nous nous sommes chacune glissées dans notre futon, puis nous avons éteint la lumière. C'était calme, bien trop calme. Je n'entendais même plus le bruit de la pluie au loin, car elle s'était arrêtée de tomber.

— On n'a qu'à prendre notre temps, demain, a soufflé Momoko.

— Bonne idée, ai-je distraitement approuvé.

Je regardais le plafond. Il faisait un noir d'encre dans la pièce, car Momoko ne pouvait pas dormir s'il y avait ne serait-ce qu'une lampe de chevet allumée. Mais, quand on les gardait ouverts assez longtemps, les yeux finissaient par s'habituer à l'obscurité et distinguer les contours des choses, même si ce n'était que très légèrement.

— Tu dors ? ai-je doucement demandé au bout d'un moment.

— Non, a-t-elle aussitôt répondu.

— Ça te va si on discute un peu ? ai-je dit d'une petite voix, les yeux toujours tournés vers le plafond.

— Oui. J'en avais envie, moi aussi.

— J'aurais aimé qu'on reparle, tu sais… de l'histoire de ce midi…

— Quelle histoire ?

Ta maladie.

— Ah… oui, a-t-elle répondu après une pause.

— Ce n'est pas très bon, n'est-ce pas ? ai-je débité à toute allure, comme si je lisais un script.

La détresse dans ma voix, qui a résonné dans l'obscurité de la chambre, était palpable. Momoko s'est accordé le temps de réfléchir, avant de murmurer :

— Eh bien… on peut juger que ce n'est pas très bon, comme on peut aussi penser le contraire.

— Hein ? Je ne comprends pas.

Elle a manifesté son hésitation en se raclant la gorge.

— Je veux dire qu'il y a des gens dans ce monde qui disparaissent soudainement, fauchés par la maladie ou à la suite d'un accident, sans avoir le temps de dire au revoir à ceux qu'ils aiment. Ce qui n'est pas mon cas. Il me reste beaucoup de temps pour le faire. Je m'estime donc chanceuse.

— Mais…

— Ce n'est pas la peine de t'inquiéter. Ce n'est pas comme si on allait venir me chercher demain. J'ai été hospitalisée il y a quelque temps pour subir une hystérectomie et d'autres trucs, et je vais assez souvent à l'hôpital pour des contrôles. Simplement, il ne va pas falloir baisser la garde pendant quelques années encore.

— C'est pour ça que tu es revenue ?

— Ce n'est pas parce que je suis tombée malade que j'ai voulu rentrer à la maison. Je n'y ai même pas songé à l'annonce du diagnostic. Mais j'ai fait un rêve, alors que j'étais à l'hôpital et que je me sentais vraiment déprimée.

— « Un rêve » ?

Je me suis allongée sur le côté pour me tourner vers elle. Mais la nuit ne me laissait pas voir son expression.

— Oui. J'étais sur un bateau qui allait quitter le port… en fait, non… je n'étais pas à bord, je crois que j'étais moi-même le bateau… bref, j'étais sur le point de voguer vers l'horizon, là-bas, au loin… Et je savais que je ne pourrais plus jamais revenir. Je me suis retournée, et j'ai aperçu un homme sur le quai, qui me faisait de grands signes de la main. Il ne m'a fallu qu'une seconde pour comprendre que c'était Satoru. J'ai eu le pressentiment que je ne le reverrais jamais plus, alors j'ai moi aussi essayé de lui faire signe, de toutes mes forces. Mais le bateau glissait sur l'eau à toute vitesse, et Satoru s'éloignait, il devenait de plus en plus petit… et, soudain, il a disparu. Et moi, je dérivais seule sur la mer… ce genre de rêve.

Momoko s'est agitée sous sa couverture pour se tourner elle aussi vers moi. Elle a lâché un rire bref.

— J'ai honte de l'avouer, mais quand je me suis réveillée, j'ai pleuré toutes les larmes de mon corps. Je n'en revenais pas moi-même. Je savais que ce n'était qu'un rêve, mais je n'arrivais pas à arrêter ce flot de…

à la fin, je m'étranglais même avec mes sanglots. Je suis quelqu'un qui ne pleure que très rarement, et je ne me souviens même plus de la dernière fois où ça s'était produit. Mais là, j'étais toute retournée, et cette tristesse, une tristesse infinie... Après ça, j'ai eu envie de revoir Satoru, au moins une fois. Bizarre, non ?

— Pas du tout.

Imaginant la solitude dans laquelle elle était enfermée à ce moment-là, j'ai secoué la tête. Même si, bien sûr, elle ne pouvait pas me voir.

— Si, c'est bizarre, a-t-elle tranché. Mais ça a été le déclencheur, ce qui m'a poussée à ravaler ma fierté et à rentrer à la maison.

— Je comprends... et tu ne comptes pas parler de ta maladie à Satoru ?

— Non, a-t-elle répondu d'un ton catégorique.

— Pourquoi ?

— Parce que je ne veux pas être un poids pour lui.

— Il est plus fort que tu n'as l'air de le croire.

— Je sais, et je pense qu'il me tendrait les bras. Mais là n'est pas la question. Il s'agit de sentiments. Je ne veux pas me servir de lui, c'est tout.

— Mais si tu ne lui en parles pas, tu ne pourras jamais...

« Savoir », ai-je voulu ajouter, mais Momoko m'a interrompue, ne m'en laissant pas le temps :

— Ma décision était déjà prise quand j'ai pensé revenir.

— Mais pourquoi m'en parler à moi ? ai-je protesté en haussant le ton.

— Sans doute parce que j'avais envie que quelqu'un m'écoute, a-t-elle murmuré par bribes. Ma fuite, ma maladie… je crois que je voulais vider mon cœur. Et je savais que tu ne répéterais rien à personne, pas même à Satoru, si je te le demandais.

— Mais… tu t'es servie de moi… c'est déloyal…, ai-je bégayé d'une voix larmoyante.

— Oui, c'est ce que je suis. Déloyale. Je suis désolée, Takako. Ça m'a fait plaisir, quand tu m'as serrée dans tes bras tout à l'heure. Vraiment très plaisir… Tu es si gentille. Ça ne m'étonne pas que Satoru t'adore.

J'ai rabattu la couverture sur ma tête, et je me suis mise à pleurer en répétant que c'était malhonnête, des dizaines et des dizaines de fois, tandis qu'elle répondait chaque fois qu'elle était désolée. J'ai fini par m'endormir, épuisée par toutes les larmes que je venais de verser.

Le lendemain matin, c'est sous un ciel couvert que la maîtresse de maison et Haru se sont tenues sur le seuil pour nous dire au revoir. Avant de partir, et comme à notre arrivée, Momoko s'est poliment inclinée devant la propriétaire pour la remercier. Et, même si cette dernière lui a demandé « d'arrêter ça » en riant, elle ne s'est pas redressée tout de suite.

— À bientôt ! nous a lancé Haru d'un ton léger, en nous saluant de la main.

Dès notre réveil, Momoko avait retrouvé sa bonne humeur habituelle. Elle a ponctué notre descente de remarques joyeuses – « Regarde là, des lys dorés en fleur ! » ou « Tu as vu, les feuilles commencent à prendre les couleurs de l'automne » – et j'essayais d'adopter le même ton pour lui répondre. Parce que je ne savais pas quoi faire d'autre.

Nos chemins se sont séparés en fin d'après-midi, devant les guichets d'accès aux quais de la gare de Shinjuku. Elle s'est également inclinée devant moi.

— Merci, Takako. Je me suis bien amusée, a-t-elle dit avec un sourire éblouissant.

— Qu'est-ce que tu comptes faire ? ai-je demandé en me montrant inquisitrice.

— Je rentre à la librairie.

— Pas ça. Après.

— Hum…, a-t-elle éludé en croisant les bras. Je vais me débrouiller, d'une manière ou d'une autre.

Puis elle a tourné les talons et s'est fondue dans la foule.

Je suis restée figée, à regarder dans la direction vers laquelle elle était partie, même si sa petite silhouette n'était déjà plus visible.

Les différents scénarios que j'ai envisagés pour la suite m'ont laissé un terrible sentiment d'impuissance.

J'ai reçu un coup de téléphone de mon oncle deux jours plus tard, un peu avant midi. En regardant son numéro s'afficher sur l'écran de mon portable, j'avais déjà deviné la raison de son appel.

— Désolé, tu dois être en plein boulot, a-t-il commencé d'une voix basse et monocorde. J'ai trouvé un mot en arrivant à la librairie...

J'en étais sûre. J'ai poussé un long et profond soupir. Je n'aurais pas dû la laisser partir ainsi. Mais, même si je savais que cela allait arriver, qu'aurais-je pu faire pour l'en empêcher ?

Oui, elle était déloyale. Mes doigts se sont crispés autour de mon téléphone, et j'ai senti la colère bouillonner en moi.

— Takako ? a-t-il insisté, déstabilisé par mon silence.

— Je viens tout de suite.

— Quoi ?! Mais... et ton travail ? Ne...

J'ai coupé la communication sans lui laisser le temps de finir sa phrase.

Déloyale. Déloyale. Déloyale. Déloyale. Je ressassais inlassablement ces mots dans ma tête dans le train qui me conduisait à Jinbôchô. Ce n'était pas une attitude correcte, ce n'était pas se comporter en adulte. Bon, je comprenais son geste, en partie du moins. Annoncer « Au fait, je suis malade ! » après avoir disparu pendant cinq ans ? Il y avait de quoi faire hésiter. D'autant plus si elle était toujours amoureuse de Satoru. Mais lui, qu'allait-il devenir ? Il avait tellement souffert, la première fois qu'elle l'avait abandonné.

J'étais du côté de mon oncle. Car il avait toujours été du mien. Je ne pourrais jamais pardonner à Momoko de s'être envolée *une seconde fois*. La colère grondait en moi, et je n'arrivais plus à la contenir. Tout mon corps tremblait. Je n'avais jamais été aussi furieuse.

Lorsque je suis arrivée à la librairie, mon oncle m'a tendu le mot (« Merci, je te souhaite le meilleur »), que j'ai déchiré avant de le laisser tomber par terre. Il m'a regardée faire, bouche bée.

— Elle est déloyale. Et lâche. Elle vient ici et ne montre que ses bons côtés, puis elle disparaît. Elle n'est juste bonne qu'à s'enfuir.

— Takako ?

Il m'observait d'un œil inquiet.

— Euh… Taka…

— Rien à faire de ma promesse, l'ai-je interrompu.

Je me suis redressée, et j'ai poursuivi, sans m'adresser à quelqu'un en particulier :

— Non, en fait, je ne lui ai jamais rien promis. C'est elle qui a décidé sans me consulter que je n'allais rien dire à personne.

— Quoi ?

Je lui ai alors résumé ce qu'elle m'avait confié cette nuit-là, tout en sachant que cette révélation allait lui causer un choc. Car il avait le droit de savoir, et il était le seul à pouvoir la retenir.

Pourtant, il n'a pas eu l'air plus surpris que ça, se contentant de hocher la tête une fois ma tirade achevée.

— Tu étais au courant ?

— Non.

— Alors pourquoi…

Il s'est laissé tomber sur une chaise en soupirant.

— Je m'en doutais. Je sentais que si elle était de retour, c'était pour une bonne raison. Je te l'ai dit. Une fois qu'elle a pris une décision, elle ne revient jamais dessus. Et pourtant, elle est réapparue… j'avais peur de lui poser la question. C'est pour ça que je t'ai confié cette mission. Je ne suis qu'un idiot. J'aurais dû lui parler. C'est à cause de moi, si on en est là, a-t-il soupiré, comme s'il avait déjà baissé les bras.

J'ai approché mon visage du sien, et je l'ai regardé droit dans les yeux.

— Il est encore temps. Si tu la laisses partir maintenant, tu ne la reverras plus jamais. Tu ne dois pas abandonner, pas encore, même si tu ne sais pas ce que ça va donner. Tu comprends ? Il n'y a qu'une personne au monde qui peut l'arrêter, et c'est toi, tonton.

Il a émis un petit grognement sans force.

— Alors, debout ! Allez ! Dépêche ! ai-je crié. Tu m'as dit de ne pas m'enfuir, tu t'en souviens ? Momoko et toi, vous ne devez plus vous enfuir non plus. Je garde la boutique, cours la retrouver.

— Mais je ne sais pas où la chercher…, a-t-il protesté, l'air impuissant.

— Tu n'as pas une idée ? Comme le premier endroit où elle chercherait à se réfugier ?

Il m'a regardée pendant un instant, hébété.

— Non…

— Tu mens. Réfléchis. Momoko est ta femme !

— Oui, mais… parce que…

— Essaie de te rappeler. Il n'y aurait pas un endroit plus important que les autres à ses yeux ?

Il m'a fixée un long moment. Et soudain…

— Ah… il y en a bien un… je pense que… non, je suis certain qu'elle est là-bas…

— Tu as trouvé ?

— Oui, je crois. Je peux peut-être arriver à temps cette fois.

Il a hoché la tête avec vigueur et s'est levé d'un bond.

— Takako, je peux te confier la boutique ?

— Bien sûr.

— Je ne vais pas pouvoir te payer.

— Je sais, triple buse ! ai-je crié.

Ce n'était pas le moment de se préoccuper de détails aussi futiles. Il est enfin parti, et il n'aurait pas couru plus vite si je venais de lui flanquer un bon coup de pied aux fesses.

J'ai souhaité de tout mon cœur qu'il parvienne à la retenir cette fois.

Postée devant la librairie, je l'ai regardé remonter fougueusement l'allée Sakura-dôri, sa silhouette devenant de plus en plus petite à mesure qu'il s'éloignait. Son mal de dos l'obligeait de temps en temps à s'arrêter pour se donner deux ou trois petits coups de poing aux endroits qui le faisaient souffrir, mais je ne pouvais pas lui en vouloir pour ça.

Quand il a été hors de ma vue, j'ai distraitement levé les yeux vers le coin de ciel qui se découpait entre les bâtiments. C'était un ciel d'automne, d'un bleu clair et léger, traversé par des troupeaux de nuages cotonneux.

— Euh… excusez-moi ? C'est ouvert, n'est-ce pas ? m'a demandé un homme qui s'était immobilisé devant la librairie, en haussant un sourcil étonné.

Puis il m'a contournée, et il est entré.

Mon rôle était à présent terminé. C'était à mon oncle de jouer désormais.

J'ai retrouvé ma position habituelle – assise, derrière le comptoir – pour guetter le retour de Satoru et Momoko.

Ce n'est que longtemps après, lorsque les branches des arbres étaient déjà entièrement dépouillées de leurs feuilles, que j'ai revu Akira.

Cela faisait un bon mois que je n'étais pas allée au Subouru. Je n'avais pas eu envie de café pendant un certain temps, et s'il m'arrivait de passer devant, je n'éprouvais pas le besoin de m'y arrêter. Pourtant, avec l'arrivée du froid, le café du patron a commencé à me manquer.

J'ai poussé la porte, et je n'ai pu retenir un cri étouffé.

Akira était là, assis seul à une table au fond. Nos yeux se sont aussitôt rencontrés. *Pas de bol*, ai-je songé, pensant me contenter de lui adresser un petit signe. Mais il s'est levé, avec l'air d'attendre que je le rejoigne.

— Salut, ai-je bredouillé en m'asseyant en face de lui, légèrement embarrassée.

— Ça faisait un bail, a-t-il répondu de sa voix limpide.

La serveuse a déposé un verre d'eau devant moi, en me demandant si j'avais fait mon choix. J'avais prévu de lui dire bonjour, de ne pas m'attarder, et de ne passer commande qu'une fois installée à une autre table.

— Plus tard.

Elle a acquiescé, et est repartie en souriant. Après un moment de flottement, Akira s'est lancé :

— Comment tu vas ?

— Eh bien, ça va. Et toi ?

— Bof, a-t-il admis d'un air pourtant enjoué.

Il a siroté une gorgée de café.

Peut-être avait-il continué d'attendre la venue de son ex-petite amie ? Même s'il avait affirmé qu'il ne le ferait plus…

— C'est toi que j'attendais, aujourd'hui, a-t-il soudain annoncé.

Il a sorti un livre de son sac et l'a posé entre nous. C'était *L'Amitié* de Mushanokoji Saneatsu, que j'avais laissé sur la table la veille de mon départ en voyage. Il s'était produit tellement de choses depuis que j'avais oublié jusqu'à son existence. Il ne m'était jamais venu à l'esprit que c'était lui qui l'avait récupéré.

— Tu l'as gardé exprès pendant tout ce temps ? ai-je demandé en le prenant.

— Quand j'ai remarqué sa présence, il était trop tard, tu étais déjà partie. Alors j'ai demandé au patron s'il pouvait te le rendre, mais il m'a dit qu'il ne « voyait pas de qui je parlais ».

— Quoi ?

Comment pouvait-il ne pas savoir qui j'étais ? Alors que nous avions eu des dizaines de conversations ensemble et que j'étais même devenue une habituée ?

— Donc je l'ai gardé. Et, puisque je n'avais aucun moyen de te joindre, je passais ici de temps en temps pour voir si tu étais là, mais je n'ai jamais eu de chance… peut-être que ça ne se fait pas, mais je dois te dire que je l'ai lu, comme je n'avais rien d'autre à faire en t'attendant… je l'ai terminé, en fait.

Je l'ai écouté raconter son histoire, bouche bée. Et, une fois toutes les pièces du puzzle assemblées dans mon esprit, j'ai tourné la tête vers le patron qui essuyait des verres derrière son comptoir comme si de rien n'était. Sentant mon regard insistant, il a fini par me jeter un coup d'œil. Quel idiot, avec ses petites manigances… Il devait ignorer qu'à l'origine, c'était une autre femme qu'Akira venait attendre ici.

— Je suis désolée, merci de t'être donné tout ce mal.

— Non, ne t'en fais pas. Ça a été l'occasion pour moi de lire autre chose qu'*À mi-pente*, a-t-il avoué avec un sourire espiègle.

Amusée par le caractère étrange de la situation, je n'ai pu me retenir plus longtemps. J'ai baissé la tête, en essayant de réprimer le tremblement de mes épaules.

— Qu'est-ce que tu as ? s'est-il inquiété.

Quand il a compris que j'étais prise d'un fou rire, il s'est mis à rire à son tour. J'ai senti une vague de soulagement déferler en moi. Et j'ai pris conscience que j'étais heureuse de le revoir. C'était un fait, que rien ni personne ne pourrait changer. Alors à quoi bon se torturer l'esprit en se demandant ce que lui pouvait bien penser de moi ?

— Je suis contente de te voir, ai-je déclaré en toute franchise.

Il faudra que j'aille remercier le patron, ai-je songé. Sans ses petites manigances, je n'aurais sans doute plus jamais croisé Akira. J'aurais beau lui commander des centaines de tasses de café, je lui serais encore redevable.

— Je suis content, moi aussi. C'est que… je n'avais pas envie d'être accusé de vol ! Non, je plaisante, bien sûr. J'avais surtout envie de parler avec toi, a-t-il conclu avec un rire en se grattant la tête d'un air gêné.

J'étais gênée moi aussi, et je n'arrivais pas à le regarder dans les yeux. Déplaçant mon regard vers la vitrine, j'ai observé nos reflets qui se faisaient face. Dehors soufflait une bise glaciale. J'étais reconnaissante envers le destin qui nous avait réunis ici ce soir.

—Allez, a dit Akira en s'étirant avec un plaisir évident. C'est ma tournée, pour te remercier de m'avoir prêté le livre. Ça te tente ?

—Juste un café alors, ai-je accepté avec un sourire, en tendant l'index.

—Quel être raisonnable tu es !

Il a feint la surprise en arrondissant les yeux, puis il a levé la main pour appeler la serveuse.

La librairie Morisaki se nichait dans un coin du quartier des bouquinistes. Une boutique exiguë, vieille, sans charme particulier. Où les clients ne se bousculaient jamais. On n'y trouvait qu'une certaine catégorie de livres, si bien que ceux qui ne s'y intéressaient pas ne prenaient pas la peine de ralentir l'allure en passant devant.

Mais certains adoraient cette librairie. « Tant qu'il y a une personne pour l'aimer, c'est tout ce qui compte », se plaisait à répéter le gérant, mon oncle Satoru, avec son éternel sourire aux lèvres. J'étais de son avis. J'aimais la librairie Morisaki, tout comme j'aimais son propriétaire.

Je n'avais pas mis les pieds à Jinbôchô depuis un certain temps, et j'avais décidé d'aller y passer mon jour de repos. J'avais reçu un coup de fil de mon oncle une semaine plus tôt. En entendant sa voix guillerette, j'avais aussitôt compris.

« Elle aimerait bien te voir, ça fait longtemps maintenant », m'avait-il dit.

Il m'avait aussi appris que son état était stable, une nouvelle que j'avais accueillie avec soulagement.

J'ai spontanément accéléré le pas à l'idée de la revoir.

Elle n'était pas rentrée avec mon oncle, le jour où il s'était lancé à sa poursuite.

Mais il avait réussi à la retrouver. Au temple où avaient été célébrées les cérémonies à la mémoire des deux bébés qui n'étaient jamais nés. Près du bassin à l'arrière du lieu de culte, où elle se tenait depuis des heures.

Je ne lui ai jamais demandé de détails sur ce qu'ils s'étaient dit. Puisque ça ne regardait qu'eux. Mais j'étais persuadée qu'ils n'avaient pas pu se mentir, pas dans cet endroit chargé de tant d'émotions. Le plus important, pour eux, était de confronter leurs sentiments respectifs. Momoko avait certainement attendu mon oncle au bord de ce bassin, espérant qu'il viendrait la retrouver, tout comme elle l'avait sans doute attendu cinq ans plus tôt, lors de sa première fugue. Lorsqu'elle l'avait vu arriver, elle s'était effondrée sur place, et s'était mise à sangloter comme une enfant.

« À ce moment-là, j'ai senti tout l'amour que j'ai pour elle, m'avait-il ensuite confié. J'en ai eu les larmes aux yeux. J'avais l'impression de voir ce que je n'avais jamais compris, de regarder en face ce dont j'avais si longtemps détourné les yeux. J'ai pris Momoko dans mes bras et je l'ai suppliée de ne pas s'en aller, en lui répétant que j'avais besoin d'elle. Une chose simple, que je n'avais pourtant jamais réussi à faire avant. »

Son ton était posé lorsqu'il m'avait raconté ces événements, après avoir franchi seul la porte de la librairie, tard le soir. Il n'avait pas l'air déçu de ne pas être avec elle. Il semblait soulagé d'un poids, peut-être même était-il serein.

« On s'est fait une promesse. On a mis les choses à plat, et elle m'a juré de revenir un jour », avait-il dit en guise de conclusion.

Momoko est réapparue un an plus tard. Elle avait besoin de remettre de l'ordre dans ses sentiments avant de revenir, pour ne pas avoir à trop s'appuyer sur lui. C'était ce qu'elle avait expliqué à mon oncle, au bord de ce bassin. Je reconnaissais bien là sa force de caractère.

J'ai quitté l'avenue principale, pour m'engager dans l'allée Sakura-dôri. J'ai dépassé une ribambelle de vieilles librairies, jusqu'à voir celle de mon oncle apparaître.

J'ai poussé la porte branlante avec bonne humeur.

— Salut, Takako ! m'a dit Sabu, assis devant le comptoir, avec un petit geste de la main.

— Tu es là, toi ? Et mon oncle, il est où ?

— Tu te montres toujours tellement chaleureuse, a-t-il observé en riant. Il vient de partir pour une livraison, je crois.

— Te voilà ! s'est exclamée une voix joyeuse derrière Sabu.

J'ai penché la tête et découvert une femme aux cheveux courts derrière le comptoir.

— Oh, tes cheveux ! me suis-je écriée.

Momoko a effleuré ses cheveux coupés court au-dessus des oreilles.

— Oui ! En réalité, je voulais me raser le crâne en signe de remords, mais Satoru m'en a empêchée ! a-t-elle précisé en éclatant de rire.

Ça, c'est notre Momoko ! ai-je pensé en la voyant si joyeuse.

— Ça te va bien, l'ai-je complimentée tandis que je m'installais à côté d'elle.

— C'est vrai ? a-t-elle demandé par coquetterie en fronçant le nez.

Comme d'habitude, la librairie était calme à l'heure du déjeuner. Hormis la présence de Momoko derrière le comptoir, tout était comme avant – et rien ne pouvait me rendre plus heureuse.

— Alors tu as un amoureux à ce qu'il paraît, a-t-elle lancé tout à coup, comme elle avait la manie de le faire.

— Quoi ? Qui t'a raconté ça ?

— Sabu, à l'instant.

Elle l'a montré du doigt.

— Hé ! Ce n'est pas moi qui l'ai dit, c'est le patron du café ! s'est-il défendu en pouffant.

Je me suis demandé ce qu'il y avait de si drôle.

— Tu lui prépares les plats que je t'ai appris ?

— Non, oui, enfin..., ai-je balbutié, déstabilisée, avant de crier en voyant son sourire moqueur : stop, c'est bon, ça suffit !

C'est ce moment qu'a choisi mon oncle pour faire son entrée.

— Takako ! Tu es déjà là ?

— Takako a un petit copain, tu le savais ? lui a aussitôt demandé Momoko.

— Quoi ?! Non ! Vraiment ? Mais pourquoi tu ne m'as rien dit ?

Il a presque collé son nez au mien pour m'examiner.

— Oui, bon, voilà. Allez, on passe à autre chose.

— Mais oui ! a approuvé Momoko en frappant dans ses mains. Si tu te maries, on n'aura qu'à demander à ce garçon de reprendre la boutique. On n'a pas d'héritier, de toute façon.

— Tu te fiches de moi ? Pourquoi on devrait confier la librairie à un type pareil ! a protesté mon oncle, visiblement troublé.

— Tu ne le connais même pas, comment tu peux savoir comment il est ? a-t-elle sèchement répliqué.

Sabu, qui ricanait dans son coin, a fini par annoncer à Momoko qu'il s'en allait, et il a quitté les lieux plus ravi que jamais, en lui faisant au revoir de la main. Pas un mot pour mon oncle ni pour moi, d'ailleurs.

— Tu l'as amadoué en un rien de temps, ai-je remarqué après son départ.

— Oh, ce n'était pas mon intention. On a discuté, c'est tout, a-t-elle dit avec une certaine désinvolture.

— C'est un cas désespéré. Il a suffi d'une fois pour qu'il lui mange dans la main, a renchéri mon oncle d'un ton si calme que Momoko et moi avons éclaté de rire.

Momoko s'est soudain tournée vers moi, puis elle a déclamé en exécutant un salut militaire :

— Momoko Morisaki est de retour.

— Bon retour parmi nous, lui ai-je souhaité en me redressant. Je t'attendais. Mais si tu t'avises de disparaître à nouveau, c'est ma fureur que tu vas devoir affronter.

— … dit celle qui n'a pas tenu sa promesse ! Mais je te suis reconnaissante de ne pas l'avoir fait. Merci, Takako. On peut redevenir copines maintenant.

Elle m'a pincé les joues en riant. J'étais tellement habituée que je me suis contentée de lui demander d'arrêter, à moitié résignée, dans une parfaite imitation de mon oncle.

— Je vais nous préparer de quoi nous régaler aujourd'hui, des plats qui te crieront toute ma gratitude ! s'est-elle exclamée en se tapotant la poitrine. Tu viens faire les courses avec moi ?

— Avec plaisir. Après tout, si je suis venue, c'est pour manger ta cuisine, ai-je répondu, tout sourires.

— Au fait, Takako, à propos de ce qu'on a dit tout à l'heure, personnellement je suis…, a commencé mon oncle.

Nous sommes sorties en l'ignorant superbement.

Un épais nuage glissait mollement dans le ciel clair. Je me suis étirée en fermant les yeux. Le soleil chauffait agréablement mes paupières closes.

— Si tu ne te dépêches pas, je te laisse ici !

J'ai ouvert les yeux. Momoko, auréolée de lumière, s'était retournée vers moi et me contemplait en souriant. Elle m'a fait signe de la suivre, et s'est remise à marcher d'un bon pas.

Pendant quelques secondes, j'ai regardé s'éloigner cette petite femme aux cheveux courts, avant de courir à sa suite.

Achevé d'imprimer en août 2023
par Aubin Imprimeur à Ligugé
N° d'impression 2306.0158
Dépôt légal, septembre 2023
Imprimé en France
38122239-1